改訂・受験殺人事件

辻　真　先

創元推理文庫

REVISED EDITION:

ENTRANCE EXAMINATION MURDER CASE

by

Masaki Tsuji

1977,1990

目次

改訂・受験殺人事件

西郊高校校歌

一
ああ学舎《まなびや》の窓あけて
空に照る日を仰ぐとき
この世の奢《おご》りなにものぞ
翼ひろげて飛び立たん
武蔵の原にゆかりある
西郊の名をあげよかし

二
雨降る巷《ちまた》闇ふかく
人みな惰眠むさぼれど
破れし衣に銃をとり
血と泥あびて戦わん
武蔵の原にゆかりある
西郊の名をあげよかし

三
ああわが志す道は
命惜しまず人の世を
かげに支える英雄の
ひとりとなりて骨埋めん
武蔵の原にゆかりある
西郊の名をあげよかし

犯人のはしがき

私が真犯人なのだ。

くりかえしていおう。私こそあの連続殺人事件において、真に「犯人」と呼びうる、ただひとりの人間なのだ。

のろわしくもいまわしい事件の内容について、私はあらためて語る勇気をもたない。できることなら、一切の記憶をぬぐい去って、事件以前の生活にもどりたいと思う。だがそれは、いまとなっては絶対に不可能だ。流れ去った時をたぐりよせることは、ＳＦの世界ででもなければ、おこりえぬ奇跡だろう。

勧善懲悪、という言葉がある。悪の栄えたためしがない、ともいう。カビのはえたような文句だ。身のまわりをながめても、そんな古めかしいモラルなぞ、どこにも通用していない。それなのに、なぜ私だけ、かくもみごとな運命のしっぺ返しをくらったのか。神を名のる存在があるなら、たったいま私の前にあらわれてほしい。私は一瞬のためらいもなく、そいつの首に両手をかけてやる。あらんかぎりの力をふりしぼって、神をくびり殺してやる！

……よそう。しょせん、むなしい繰り言ではないか。

いま、私にできることといえば、せいぜいが声を大にして、

「犯人は私です」

と叫ぶくらいなものだ。

詳細は、事件の一部始終を見、聞き、考えた可能《かのう》キリコ、牧薩次《まきさつじ》の共作になる小説を読んでほしい。

小説——とはいうものの、記録といっていいほど事実に密着した物語である。登場した人物の多くが、実名を使われることを承諾した。私もそのひとりだった。ことは犯罪、それも殺人の大罪だ。新聞やテレビにしばしばあらわれるような、甘い、ヒューマニスティックな、美談のたぐいではない。とげを口にふくむより痛い思い出の事件でありながら、なぜかれら彼女らは、自分の名をあらわにすることを拒否しなかったのだろう。

私の推察によれば、かれらは怒っているからだ。

なにに対して?

「受験」と名づけられた戦争に対して。

もとよりかれらの大部分は、受験戦争の当事者である。銃のかわりにペンを、ミサイルのかわりにテスト用紙を与えられて、日ごと夜ごとに戦場に駆り出される。兵士たちは、目の前の戦いを戦うことに、せい一杯なのだ。世の有識者は、受験とそれに伴う学歴偏重

の風習について、あからさまに眉をひそめる。

「東大病患者」

「○×主義の弊害」

「一流校を出なくとも、就職口はある」

もっともな意見ばかりだが、嗤《わら》うべきことは、そういう当人たちの子弟が、やはり一流大学をめざしていることだ。

合か否か、それのみを目標にかかげて戦う若者たちは、おとなが唱えるお題目から、ホンネとタテマエを敏感に嗅《か》ぎわける。

だれがなんといおうと、この国は、われわれが生まれ育ったニッポンでは、有名校——卒業生がえらくなっている大学にはいらなければ、安定した生活は保障されないのだ。

あらゆる外界の雑音を遮断して、かれらはひたむきに戦いつづける。

戦いの庭に立つ、孤独なかれら！

これは戦友のいない戦争であった。たとえ飢え、渇き、傷ついても、かれらをすくう者はかれら自身しかいない。見るがいい……かれらをかこんだ四方の敵を。ある者は超小型電卓をかざし、ある者はB6情報カードをしのばせ、靴音は寒夜の予備校の石だたみにとどろく。

そんなときだった、あの奇妙な事件がおこったのは。

学校を代表する秀才が、三階の校舎の窓から地表まで、わずか六メートルの空間で音もなく消え失せたのだ。

あまりの意外事に、いっとき生徒たちの頭から、関数も偏差値も吹きとんだ。三無主義の神話すら崩れ去って、日ごろ口をきいたこともない生徒同士のあいだで、会話がもたれた。

なんたる皮肉。

事件がもたらした最大の波紋とは、コミュニケーションの回復であった。そしてそのことが、受験戦線の戦士たちに冷却の時間を与え、対象を捉える冷徹な目を見ひらかせた。

それはかれらにとって、不幸であったかもしれない。

「わかったよ、たしかに！」

と、ある者は叫んだ。

「受験のせいで、おれたちの心がねじれてきたことは……だけど、それがわかってなんになる？　学歴偏重なんて愚劣だナンセンスだ、そう思いながら、やっぱり試験のテクニックをみがかなきゃならないなんて。ガンの患者に病名を教えたあげく、最後まで頑張れというようなもんだ！」

事件は波紋をひろげつつ、新たな展開を見せた……クリスマスの夜ひらかれた、西郊高有志のパーティーで、第二の被害者が出て、謎はいっそう深まったのである。

もはや同校の生徒における最大の関心事は、事件の真相それのみとなった。

やがて。

可能キリコ、牧薩次のふたりによって、犯人の仮面は墜《お》ちた。事件は完璧に解決されたかに見えた。

だが、私にいわせるなら、かれらは犯人の指摘をあやまっている。いや、そういいきっては探偵役としてのふたりのプライドを傷つけるだろう。キリコも薩次も、自信を持って断言したのだ。

「犯人は、あの人です」

——それにもかかわらず、私は紙上をかりて告白する。

「真犯人は私だ」

と。

これは決して私が、アンフェアな登場で、ふたりの探偵の目をあざむいているわけではない。現に私は、この『改訂・受験殺人事件』が成立するための、きわめて重要な人物であるはずだ。

前口上にしては、おしゃべりがすぎた。このあたりで犯人の私は、探偵のキリコ、薩次に舞台をゆずって、奈落の闇へ沈むことにしよう。

第一部　翼ひろげて死にました

キリコが書いた――I

1

なんていったらいいのか、このう……
困っちゃうんだな、私としたことが。
原稿の出だしってやつが、こんなに頭を痛めるとは知らなんだ。
むかしはものを思わざりけり、である。
机に向かうと、四百もある原稿用紙の枡《ます》が、目を四角にして私をにらむ。
あーあ。
とんでもない注文を、うけちゃった……

私の横で、薩次のヤローがにたにたと笑ってる。

小説では先輩だからって、いばるんじゃないの！

そう怒鳴りつけるつもりでふり向くと、ポテトめ、犬の尻尾をふんづけたみたいに、ぱっと五十センチがとこ飛びすさった。私がかみつくとでも思ったのかね。

ポテトというのは、敬愛するボーイフレンド、牧薩次の綽名《あだな》である。かれと私の仲は古い。中学一年で机を並べたのが、そもそものはじまりだったが、白状すると、私は最初のひと月、隣席にかかる容貌のもちぬしを得たことを、すこぶる残念に思っていたのである。

ここで少々、自慢話をさせていただくなら、私すなわち可能キリコは、色あくまで白く、みどりの黒髪、くれないの唇、鼻すじとおって、つぶらな瞳、胸はボインで腰はキュッ、すらりと長い脚線美が、男ごころを蹴飛ばすという、ちょいとした美人ちゃんなのだ。いや、自慢話といっては謙遜《けんそん》がすぎる。右はまぎれもない客観的事実でありまして、芸能プロダクションからいまだにスカウトの手がのびないのは、ふしぎの極《きわみ》である。

しかるに私のとなりに座った薩次ときたら、まあ！　色は黒くて、フケだらけの髪、顔はまん丸、短足胴長。

（あの栄養のゆきとどいた顔は、どこかで見たおぼえがある）

そう思って観察しているうちに、気がついた。

（ジャガイモだ！）

学校でイモの発芽と生長を、習っているところだったのだ。その一ページめに印刷された、ジャガイモの写真に瓜《うり》ふたつ。正しくは、イモふたつというべきかしら。

思わず授業中に、ぷっと吹き出したら黒板に向かっていた先生がふりかえった。

「いま笑ったのは、だれだ」

私が、大きな体をちぢこめていると、意外にもジャガイモくんが手をあげたから、びっくりした。

「きみが笑ったのか、牧」

先生が声を荒らげると、ジャガイモは茫洋《ぼうよう》とした表情で答えたものだ。

「はあ？　なんのことでしょう」

「なんのことって……いま、手をあげたじゃないか」

「それは質問があったからです。エート、ジャガイモが日本に渡来したのは、慶長なん年ですか」

呆気《あっけ》にとられていた先生が、やっと口をひらいた。

「ごまかすな！　たしかに笑った者がいる！」

「そんな声、聞こえたかな。ね、きみ」

と薩次は、私にたずねた。

「だれか笑ったかい」

「さあ、先生の空耳じゃない」

調子をあわせて、私もとぼけた。

先生はまだ未練がましく、口の中でごにょごにょいっていたが、薩次は一向にとりあわなかった。

「時間がもったいないから、ぼくの質問に答えてください。おねがいしまーす！」

その場はそれでおわった。

授業をおえて、私がジャガイモに礼をいうと、こともなげにかれはいった。

「いいんだよ。あの先生、字が下手くそだろ、おまけにひがみっぽくてさ、黒板に書くたび笑われるんじゃないかと、びくびくしてるんだ。被害妄想だ」

「へえ、そうなの」

「それにしても、さっきのきみ、どうして笑ったりしたんだい」

聞かれた私は、正直に答えてやった。

「あんたの顔がおかしかったからよ」

「え、ぼくの！」

そういわれたときのジャガイモの、なんとも形容し難い表情を、私は一生忘れないだろう。

――それ以来、かれの綽名はジャガイモまたはポテトに定着した。

中学を出た私たちは、世田谷《せたがや》にある私立の西郊高校へ入学した。ふつう私立高校へすすむのは、それ自身が有名校であるか、進学指導に積極的であるか、同系列の大学へエスカレーター進学できるか、三つのケースのどれかだが、私たちは例外だった。なんとなく、はいりやすくて学費の安い高校をさがしただけの話だ。

気の多い私は、高校へはいって二年半のあいだに、合気道、演劇、水泳とクラブを転々とした。三年の二学期現在では、オカルト研究クラブに所属している。心霊学、黒魔術、異次元現象等々を考究して、ひとりくつこねようという、いってみりゃ受験戦線から脱落したすね者の集まりである。

ポテトは、私にくらべるとはるかに貞操堅固で、入学以来ずっと探偵小説クラブに在籍していた。推理小説といわず、探偵小説を名のるところがミソで、事実ポテトは頑固なファンだった。

「ぼくは探偵小説のおもしろさを、〝不可解な謎が合理的に解明される楽しみ〟にあると思うんだ」

と、かれはよく唾をとばした。ふだんのかれは、つかみどころのないヌーボーぶりで、めったに自分の主張を押しだすことがない。だから、私の両親みたいに目のないおとなは、ポテトのことを、

「落ち着いたやさしい男の子だねえ」

とほめ、返す刀で、

「あんたも見習いなさい」

と斬りつけるが、私はちがうと思っている。ポテトの音なしの構えはかくれみのなのだ。本当は、あの細い目を光らせて、人の心の裏を読み、まるっこい鼻で、建前と本音を嗅ぎわける力をもつジャガイモくんである。

いちいちかれをひきあいに出されるので、頭へきた私が、

「ずるいぞテメー」

とすごんで見せると、焼いたポテトにバターをのせたみたいに、とろりと笑ったかれは、

「おとながぐずらないよう、お守《も》りしてるだけさ」

と答えたものだ。


ええと。

なにを書くつもりだったかな。

そう、そう。ポテトの探偵小説論を紹介しておこうと思ったんだ。

「ぼくの好きな作家は、アガサ・クリスティに、エラリー・クイーンだね」

つまり謎解き小説が好きというわけだ。このふたりなら、たいていの高校生、ひょっとしたら中学生でも知っているだろう。私だってきらいではない。

クリスティは名探偵エルキュール・ポワロを創造した女流作家だが、そんなことより写真を見たときは感激したわ。

（すてきにきれいなおばあちゃん！）

どうせ年をとるのなら、あんな美人のおばあちゃんになりたいな。

「クイーンの中では、別名のバーナビー・ロスで書いた『Yの悲劇』がいい」

と、ポテトの評論はつづく。

「わかるなあ。シェークスピア劇の俳優で名探偵のドルリー・レーンが、イカシてるもん」

私はおじさま族に興味のある方ではないが、あんな知的でダンディな紳士が目の前にあらわれたら、ぞくぞくっとなって、処女のひとつやふたつ気前よくくれてやる気になるかもしれん。

私が忌憚《きたん》のない感想を述べると、ポテトは憮然《ぶぜん》としていった。

「きみは探偵小説と、三浦友和《みうらともかず》や百恵《ももえ》のドラマと、区別がつかないらしいな」

要するにミーハーだぞと、いいたいのだ。これでも私はポテトと組んで、いくつかの事件を解決したことがある。素人《しろうと》探偵としては成長株のつもりなのに。

「ところで、近ごろぼくが楽しめたのは、クレイトン・ロースンの小説だね」

「知ってる。ご本人が奇術家なんで、探偵にも魔術師を使ってる、あれでしょう」

ミーハーであろうがあるまいが、私だって読書量にかけては、ひけをとらない。兄貴が三流夕刊紙サンの記者である関係で、私の家にはさまざまな本がひしめいている。『般若《はんにゃ》心経《しんぎょう》』から『四畳半襖《ふすま》の下張《したば》り』まで、あるいは『コンピュータ技術情報』から『なぞなぞ大全集』まで、その本の山を、あたるをさいわい読みとばした結果、かくもけたたましい女の子一匹ができあがったのだ。アニキ、責任をとってくれ。

「ロースンの小説では、死体がなぜか変装していたり、刑事の見ている前で人間が消え失せたり、トリックの演出があざやかなんで、ついわくわくさせられちまう。いつかはぼくも、あんな小説を書いてみたいな」

ポテトの言葉には、実感がこもっていた。かれと私がはじめて登場した『仮題・中学殺人事件』を読んだ人はご承知だろうが、そのむかしかれは、探偵小説を自分で書いた経験がある。

「書いてごらんよ」

私はいたって無責任にあおりたてた。

「できあがったら、コテンパンにけちつけてあげる」

「味噌ラーメンをつくるようなわけにはゆかないさ」

ポテトがおでこのあたりを、ふとい指でつまんだ。このところずっと、おなじ位置にニキビが出没している。

「ぼくの才能では、無から有を生むことはできない。いつかみたいに、おあつらえ向きの殺人事件でもおきてくれたらなあ」

と、ぶっそうなことをいう。

「それも、チカンがスーパーを襲って、合気道で蹴り殺されたなんて話じゃ、小説にならない」

ほざいたな、ポテト。

ここで註をいれておくと、ポテトが薩次の通称であるように、スーパーは私の綽名である。

その理由はというと、ひとつにはわが可能家の生業《なりわい》が、スーパーマーケットであること。ふたつには私が、自分でいうのも照れくさいけど、ちょっとしたスーパーウーマンだからであります。

「学習能力にかけては一種の天才」と、私が初登場した『仮題・中学殺人事件』にも書いてあるでしょう。版元の社長さん、「天災」なんて誤植しないでね！

時刻表を読めば、L特急の愛称から駅弁の値段までおぼえるし、合気道の図解を見ただけで、合気道部の主将を投げとばすし、産婦人科のカルテを読めば……バカバカ、なんてこと書かせるのよ！

2

筆が脱線した。ポイントを切り替えて、事件にはいらなくっては。いうまでもなく、西郊高きっての秀才、サイコーコー中のサイコーの少年が死んだ、あの事件である。

少年の名は、有原秀之《ありはらひでゆき》という。

父親は有名な建築学者有原容生《ようせい》氏だ。その名に聞きおぼえがなくても、有原氏が設計した帝国記念会館の、巻き貝形をした奇妙なビルの写真を、一度や二度は見たことがおありだろう。父の精密な脳細胞をそっくり受けついだとみえ、有原くんもきわめて成績優秀だった。

まだ私たちが、高校へはいったばかりのころだ。その日私は、クラブがないので、早目に校門を出た。学校の塀が切れたところで、背後に足音が聞こえ、私の肩をたたく者がいた。ふりかえると、有原くんのやけに分厚い胸が目の前にあった。これがポテトでは、こうはゆかない。「ふりかえると、ポテトのフケだらけの髪が目の前にあった」ということになる。それだけ有原くんは背が高く、たくましかった。女の友人の中には、入学式当日早くもかれを見初めて、

「しびれる！」

と口走る者もいた。

「電気ウナギじゃあるまいし。わたしゃ、あのテはお呼びじゃないね」

と、そのときはうそぶいた私だったが、いまこうして間近に見ると、折りしも吹きすぎた花びらまじりの春風のせいか、ある種の電圧を感じないでもない。少なくとも、有原くんは「男」であった。「男」の匂いがむっと鼻を衝《つ》いて、百パーセント「女」である私をたじたじとさせた。

「用件をしゃべる前に、もう少し離れてよ」

「いいとも、その方が、お互いに顔がよく見えるもんね」

有原くんが白い歯を見せる。清潔そうだが、犬歯がとがりすぎだ。見ようによっては吸血鬼の遠縁みたいである。

「ちょっとしたボインだな。きみがふり向いたとき、その胸でひっぱたかれたような気がした」

からかい顔の有原くんに、私はつとめて無表情に答えた。

「ご用のすじは？」

「ロードショーの切符が二枚あるんだ。いっしょに見よう」

この男、私が行くものときめてかかっている。

「二階最前列、スペシャルシートなんだ。絶対だよ」

なにが絶対だか知らないが、要するにいちばん高い席だというんだろう。同級になって日が浅いから、私はそれまでの有原くんについて、白紙の立場だった。彫りのふかい容貌に、セックスアピールをおぼえぬでもなかった。それが、この瞬間に、虫酸《むしず》の走るほどいやなやつになった。だからといって常識的にデートをことわるような私ではない。

「行くわ」

「そう」

当然というふうに、有原はうなずいた。虫の好かぬ相手に、「くん」をつけるのはもうやめだ。

有原がさそった映画は、名作のほまれ高い恋愛ものだった。映画が格調高いと、観客も右にならえするらしく、たかが二時間の色つきフィルムを見物するのに、着飾ったおすましやのアベックどもが、私たちの左右を埋めた。もっけの幸いだ。私は有原に金を出させて、ジュースとソフトクリームとせんべいを買った。

猫なで声のコマーシャルと、やたらすごんだ活劇の予告篇がおわると、これまた格調高い音楽が流れて、いよいよ恋愛名作の開幕だ。時こそよけれ。私はごくんごくんとのどを鳴らしてジュースを飲み、ばりばりと大音響を発してせんべいをかじってやった。となりの格調高いアベックが、白い眼で私をにらんでいる。そこで私は、ソフトクリームをひとたらし、女の着物の袖におとした。

「きゃあっ」

女は格調高い悲鳴をあげた。そんなにとりみださなくても、ウールの着物だってことはお見通しなのだよ。それでも、ナイトを気取る男性としては、腹にすえかねたらしい。涙のクライマックスがおわり客席を立つと、新調の三つ揃《ぞろ》いを着こんだ彼氏が、ロビーで私を待ち構えていた。

「なんとかいったらどうだ」

「なんとかいえ、ですって」

と、私は意地悪く有原にバトンタッチしてやった。どうせ見かけだおしの二枚目だ、こんな事態になったらあわてるばかりだろう。そう思っていたら、あてが外れた。有原は、びくともせずに私とアベックの男のあいだへはいった。

「どういえばお気に召すんだい」

ひびきのいいバリトンである。拳《こぶし》をつくった両手の指が、コキコキと聞こえよがしに鳴った。

「なんなら男同士で話しあってもいいぜ」

ずいと近づくと、相手より有原の方が、確実に五センチは高い。男はひるんだ。

「いや……べつに」

卑屈な笑みを浮かべて、

「ただちょっと」

「なにがちょっとだ！」

有原が声をはりあげると、人ごみのロビーから、いく人かが私たちの方をふり向いた。

「ひとこと……あやまってもらえばよかったんです」

男は気の毒なほど、へどもどしている。

「あやまる？　どんなふうにさ」

それにひきかえ、有原はいよいよ居丈高《いたけだか》になった。

「見本を見せなよ、見本を」

「はあ……どうも、すみません」

相手がお辞儀した。あべこべだ。有原は、にやりと笑った。秀才ぶったいつものかれを知らなければ、アクション映画の敵役に見える。

「すまないと思ったら、気をつけな」

「え？」

相手の男がきょとんとすると、有原はかぶせるように怒鳴りつけた。

「行っちまえ！」

アベックはほうほうの態《てい》ですっとんでゆく。素人にはもったいない有原の演技力だ。私はあきれ顔で、かれを見上げた。

「芝居がうまいね」

「そうかい」

　有原がひょいと片腕を曲げる。つりこまれた私は、その腕に手をかけた。まぎれもないカップルのポーズだ。

「ああいうモタモタした男を見ると、からかってやりたくなるのさ」

映画館を出た私たちは、近くの喫茶店へはいった。「アンドロマケー」……気取った名前だが、有原のゆきつけの店らしい。

「インテリアに金がかかってるんだ。こんな小さなスペースで、五千万だって」

こっちがアイスコーヒーを注文すれば、有原はキリマンジャロのストレートときた。鼻もちならないが、それが一応サマになっているのだから、ポテトとはえらいちがいである。

アール・ヌーボーというのだろう、ごてごてしてきんきらきんで、およそ私の着ている服と釣りあわない。野暮を漆喰《しっくい》でかためて、泥臭さで上塗りしたような、ねぼけまなこのジャンパースカートが、わが西郊高校の制服であった。

「きみ、気がつかない？」

キリマンを、もっともらしい顔で味わいながら、有原がたずねた。

「え、なにを」

「きみの名に敬意を表して、ここへ案内したんだぜ。『アンドロマケー』」

念を押されて、やっとわかった。

「『ヘクトールとアンドロマケーの別れ』……キリコの名作ね！」

「そう。倉敷《くらしき》の大原《おおはら》美術館に展示されている」

のっぺらぼうのマネキン同士が抱擁した、皮肉でひややかな愛の構図。それが未来主義の巨匠キリコの「ヘクトールとアンドロマケーの別れ」である。

「ざんねんだけど、私の名はそのキリコじゃないわ。木の桐のつもりでつけたんですって」

「ははあ。虫がつかない、高級品のイメージだな」

有原は笑った。

「かまうものか。きみはまさしく、『アンドロマケー』を描いたキリコだよ。つめたくて皮肉っぽくて、美しくて」

私はあわてた。

（こんなすかした野郎、大っきらい！）

と思っていたくせに、いつかすんなり、彼のお世辞を聞いてる私だもの。

「きみこそ皮肉がお上手ね」

「とんでもない。本気だけどな」

いくらか上目づかいに私を見た。そうか、この目なんだ。いつぞやクラスメートの柏《かしわ》し

げ子が、

「蛇みたいでぞっとする」

といっていたのは。彼女も、有原に劣らぬ優等生だが、なぜかことごとに彼とそりがあわない。

目をそらした私は、カバンをあけて、凝った意匠のメニューをすべりこませた。

「うふっ。万引き」

小声でいうと、有原は大声をあげた。

「マスター！　メニューを万引きされたよ」

これにはさすがの私もたまげたが、ふとっちょのマスターは、すぐ新品のメニューをもってテーブルへかけつけた。

「心配するなよ。この店の経営者は心がけがよくてね、メニューだの灰皿だの、万引きされた小物の償却は、宣伝費でおとすことにしているのさ」

なあんだ。

「それなら早くいってよ」

「万引き天下御免だなんて、わかっていたらおもしろくないだろう」

そのことばでなにか思いだしたらしく、有原はまた、犬歯をぴんと突き出して笑った。

「こないだ、おれ本ものの万引き、つかまえたことがあるんだ」

「へえ。どこで」

「『青松堂《せいしょうどう》』」

青松堂というのは、学校に近い書店である。

「どんな奴」

「うん……女さ」

「学生？」

たたみかけられて、有原はちょっと迷ったような表情を浮かべた。

「ちがうちがう。どこかの奥さんだろ」

「どうやって見つけたの」

「どうってこたないよ。おれが青松堂へはいろうとしたら、右側の棚から料理の本をぬいた女がいたんだ。そのまんま、すっとカバンに入れようとして、はじめておれに気がついてさ。血の気がひくってああいう顔なんだな。真っ青になって歯をがちがちいわせてた」

「それで、青松堂のおやじさんに、いいつけたの」

「いいや」

「警察へ連れてったの」

「いいや」

「じゃ、知らんふり？」

「いいや」

「じゃあどうしたのよ！」

気のみじかい私がカップを鳴らすと、有原の牙《きば》がニューッとのびた。

「ラブホテルへ連れてった」

「え……」

「彼女のそばへそっと寄ってさ。黙っててほしけりゃぼくのいうとおりにしろ」

「あきれた。脅迫だわ」

といいながらも、私はたいしてあきれたわけではない。この男なら、いかにもやりそうなことだ。

「まあね。だけど寝る相手がぼくだもの。彼女だっていい思いをしたはずだ」

「ごりっぱな自信」

「疑うんなら、ためしてみるか」

「まだ早いわよ」

「男と女のあいだに、早いもおそいもあるかって」

「男をじらすのも、女のテクニックのひとつなのです」

「ふふん。つぎのチャンスには、洟《はな》もひっかけないかもしれないぜ」

「その心配はなさそうね。あなたは私に惚《ほ》れてるから」

「ぼくが? きみはかなりのうぬぼれ屋だなあ」

目をまるくする有原に、私はいってやった。

「でなかったら、どうして電話ボックスで、私が来るのを待ち構えていたの」

学校の敷地を出はずれたところに、公衆電話がある。さきほど、ふいに私の背中に足音が聞こえたのは、かれがそこから出てきたためだ。

「いいかげんにしろよ。友達の家へ電話をかけていたら、きみが通りかかったんじゃないか」

「あら、あの電話、故障してたのよ……ボックスの貼り紙に気がつかなかった?」

有原はぐっと詰まった。ややあって、照れたような笑みをつくった。

「まいったな。白状するよ。たしかにぼくは、きみをあそこで待っていた。どうしても、きみをデートにさそいたくてね。可能くん……いや、キリコさん」

有原が膝をすすめると、テーブルの下でかれのズボンとわたしのスカートが、互いにかるくタッチした。

テスト三十秒前みたいに真剣な顔の有原から、私はあわてて目をそらし、立ちあがった。

「帰る。ごちそうさま」

かれがなにもいいださないうちに、私はいそいでつけくわえた。

「あの電話、故障の紙なんかなかったわ……ひっかけて、ごめんね」

さすがの秀才も鳩が豆鉄砲を食ったように、ぽかんとしていた。

……これが、私の知る有原秀之のもうひとつの顔だった。ほかの大部分のクラスメートは、優等生としての有原の顔しか見ていないだろう。まして教師たちには考えも及ぶまい。いや、かれらはずるいから、案外見て見ぬふりをしているのかしら。

有原にセックスの経験があるからといって、おどろくほどのこともない。東京でこころみられた高校生の生活調査によると、私立高男子の八・七パーセントは童貞を捨てている。そして、「今の世の中で成功する秘訣」を、要領のよさと答えた者が一五・五パーセントだそうだ。有原も、そんな要領のいい高校生のひとりにすぎなかったのだ。人をおちょくるのが好きで、弱みにつけこむのがうまくて、それでいてどこかぬけたところもあって、いやみなやつだが、とことん憎みきれる相手ではなかった。第一、はげしい愛憎の対象になるほど、底の深い人間じゃない。相手次第で自分の態度を、電灯のスイッチをいじくるように気安く切り替えることのできる、ぺらぺらした男だった。

それにしても、校舎から謎の墜死をとげたとき、かれはいったい、どっちの顔をしていたのだろう。すかした優等生か、ちょっぴり斜に構えた若さの享楽者か。

3

事件の証人は、ふたりいる。

ひとりは有原の一年先輩にあたる一浪の柚木孝《ゆのきたかし》さん。もうひとりは同級の女生徒佐々部《ささべ》洋子《ようこ》。タイプはちがうが、どちらも意味なくうそをつく人間じゃない。

ことに柚木さんは、まっ正直な人だった。お父さんも似た性格とみえ、五十になってやっと課長だそうだ。同友《どうゆう》大学出身とあれば、二十年前はさぞ将来を嘱望されたのだろうけど、世の中ままならない。

「仕方がないんだよ」

父親の話になると、きまって柚木さんは弁護した。

「運が悪かったんだ、おやじは。苦学して同友大学を出て、やっと大手の商社へはいったのに、不景気でほかの超一流企業に合併されたから」

以来、定年まで冷や飯食いの運命を甘受することになった。

「社宅だって、やっと割りあててもらったのが、エレベーターもないアパートの五階なんだよ」

「いいじゃない。階段を使って万歩運動すれば。ロハでできるアスレチック。ふとらずにすむわね、柚木さん」

「気楽なことをいうけどな。おふくろはとっくに中年ぶとりだから、買い物のたびに死にそうだってわめいているよ。剣道をやってたせいで、階段を苦にしないのはじいさんだけさ」

「柚木さんは」

「おれも心臓が弱いからね」

要するに柚木さんは、典型的な都会のもやしっ子なのだ。私はふと、有原に聞いた柚木さんのエピソードを思いだした。

「去年、お化けで目を回したんだって」

とたんにかれは、ひどくいやな顔をした。

柚木さんだって男の子だ。お化けを見て気絶するなんて、どう考えてもかっこいい話じゃない。

「お化けとちがう、ミイラだ」

柚木さんは不服そうだった。

「有原が、つくりもののミイラにはいって、動かしたもんだから」

柚木さんの所属していた古代史研究クラブが、夏の合宿をしたときのことだ。おなじクラブにいた有原が、きもだめしを提唱した。映画館の演技ぶりでもわかるように、かれはこういうことになると、ひどく熱心だ。

「あの人は、他人がおどろいたり困ったりするのを見るのが、趣味なのよ」

「そうなんだ。どうせ、その話をきみにしたのも、有原だろう」

図星である。

いっそう不快げな口調になるかと思ったら、柚木さんはもう、人のいい笑顔に返っていた。

「あいつ、勉強してるからな……そんなことでもして、気をまぎらわさなきゃやりきれないんだよ」

肩すかしを食った思いで、私は柚木さんの顔を、つくづくと見たものだ。

この調子だから、あなたカモにされるのよ！　いい例が、春の入試である。柚木さんは決して秀才ではないが、だからといって凡才でもなかった。めざす大学は一流の同友だが、柚木さんがふだんの実力を百パーセント発揮していたら、ぎりぎりにすべりこむことも可能だったろう。

だが実際は、目もあてられない結果におわったらしい。柚木さんと親しいしげ子によれば、

「実力の三〇パーセントも出せなかったそうよ」

お母さんの小枝《さえ》夫人は、堂々たる貫禄のしっかり者だから、柚木さんはもっぱら父親に似たとみえる。養子の昂士《たかし》氏は、出世コースをふみ外して以後、内外ともいじけてしまって、夫人を歯痒《はがゆ》がらせているという噂だ。

柚木さんもシャンとしないと、二浪確実だわ。きもだめしでもなんでもいいから、試験度胸だけはつけなくちゃ。

そんな感想をポテトに洩らしたら、

「きみみたいに度胸だけでやっつける人とは、神経の密度がちがうんだ」

とぬかした。どーゆー意味じゃ?

柚木さんのひきあいに出すなら、もうひとりの目撃者、佐々部洋子にしてほしいね。

私は洋子の、あっけらかんとしたところが好きだ。成績があがろうとさがろうと、おかまいなし。きれいさっぱり小気味のいいほど、俗世間を超越していらっしゃる。

「なんだってあんたみたいなのが、高校に通うのかね。時間の浪費というべきだよ」

私が遠慮のない発言をすると、彼女はけろりとして答えた。

「勉強のためと思えば浪費だけど、あたしは男の子さがしに来てるんだもん」

少々舌足らずなところがめっぽうかわいらしく聞こえる。顔も、道具立てのひとつひとつを仔細《しさい》に検討すれば、たいして出来はよくないのだが、それがワンセットそろって生きて動くと、十分魅力的な表情になった。

そんな洋子の目下の関心事は——というと、これがなんと私とおなじくオカルトである。UFOブーム、『悪魔のいけにえ』から『エクソシスト』と、超自然現象の話題がつづいたせいか、オカルト趣味は、女の子のファッションのひとつになってしまった。流行に敏感な洋子のことだ、ネックレスやイヤリングに凝るようなつもりで、心霊学にうちこんでいるのだろう。

それにしても、原宿《はらじゆく》「BIGI」の溢《あふ》れるような原色のTシャツをまとう洋子の口から、「地縛霊」だの「オーラ」だのという言葉がとびだす有様は、いささかビックリ箱じみていた。むろん彼女は、わがオカルトクラブの一員である。

そして事件は、まさにそのクラブの展示場でおこった。

展示場——そんなものがあったのは、前日まで学園祭が開かれていたためだ。年に一度のこの催しには、学校から正規にみとめられている、歴史部、文芸部、演劇部などのほか、二軍的存在の古代史研究（柚木さんやしげ子、有原がはいっていた）、探偵小説（ポテトががんばっている）、オカルト（私と洋子がいることは前記のとおり）等々のクラブのグループも参加、研究の成果を発表展示できるのだ。その成績によっては、正式の部に昇格して、生徒会の予算分配をうけられる。秋がふかまるにつれ、各クラブが目の色変えるのも、むりはなかった。

校舎の三階、一年C組の教室を借りたオカルトクラブも、大はりきりで展示場をレイア

ウトした。口の悪いポテトが、

「ありゃバケモノ屋敷だね」

と評したので、蹴飛ばしてやった。

展示内容は、霊波《オーラ》の測定装置だの念写カメラだの、きてれつなメカニズムにはじまって、魔法陣、惑星と十二宮図、タロットカード七十八枚、ついでといっては悪いけれど、ゴーレム、フランケンシュタインの怪物から、イクストル、ゴジラにいたるSFモンスターの紹介までならんでいる。

中でも私の自信作は、なんにも飾ってないところへ「透明人間」の名札をかけたコーナーだ。

学園祭は十月三十日にはじまり、十一月三日におわる。統計的に文化の日前後は秋晴れが多いというが、今年も優勢な移動性高気圧のもと、一週間近く好天がつづいていた。最後の三日なぞ、夏を思わせる陽気だったから、校舎の外壁へとりつけたビニールの日よけの下で、軽食コーナーが大繁昌だった。コーラやアイスクリームが飛ぶように売れ、支配人兼ウエイトレスである三年A組の可能キリコ、つまり私は大忙しだった。念を押しておくが、売り上げのなんパーセントかは、私のチャーミングな微笑による。用意した品々をさばきおえると、つかれはてた私は恥も外聞もなく、そばにひろげられたマットの上へ、大の字になった。なぜ都合よくマットがあったかといえば、体操倉庫まで展示場に動員されたせいだ。高校だから、はりぼてのだるまや、紅白の玉はないが、平行棒だの跳び箱だの、かさばる小道具がぎっしりはいっていた。それをいくつか軽食コーナーへもちだし、あいたスペースにポテトたちの探偵小説クラブが展示した。

「倉庫と探偵小説と、どんな関係があったかしら。むかし江戸川乱歩大先生は、原稿を書くのに土蔵へこもって、昼間でも蠟燭《ろうそく》の火をともしたというけど」

私にたずねられて、ポテトはしょっぱい顔をした。

「土蔵と体操の倉庫はいっしょにならないよ。会場をくじびきできめたら、ぼくらが当たっちまったのさ」

「あはは、ポテトはくじ運が悪いからねえ」

「同感。いずれはぼく、きみをお嫁さんにしなきゃならないと、いまから覚悟をきめてるほどだ」

「おや。そりゃまた、どーゆー意味?」

くじ運は悪かったが、展示のレイアウトはさすがによかった。『刺青《しせい》殺人事件』のプロローグにあらわれる女の刺青をムートンの裏に毒々しい色調で模写して、「東犬研究室のご好意による」と註をつけたり(犬は大の誤植ではないぞ)、『本陣殺人事件』の舞台をミニチュアでこしらえて、スイッチを入れるとトリック解明の動きが再現されたり、凝りに凝ったわりには見物人が少なくて、入り口のパイプ椅子で張り番したポテトはげっそりしている。

「日本人の体質は、この種の知的興味をうけつけないのかな」

なに、そんなたいそうな理由じゃない。ポテトのようなイモ面は、呼びこみ係としてミスキャストだったのよ。

おまけに、体操器具の出し入れまでやらされたのだから、泣きっ面に蜂だ。

「開催中に雨が降ったら、外へ出しっぱなしのマットや跳び箱、どうするんだよ」

かわいそうだから、そんなときには日よけの下へ入れてもいいと、軽食コーナー支配人の権限において許諾を与えたが、日本晴れつづきであったのはめでたい。おかげで私専用の、けっこうな休憩所ができたわけだ。

文化の日をフィナーレに、学園祭がおわると、四日と五日は休校である。

三日の夕方に展示品をひきあげ、もとの教室に返すのが原則だが、夜の早い晩秋だ、あと始末のため帰宅がおくれると学校がうるさい。

なに、ほんとうにうるさいのは生徒たちの父兄なのだが、安全第一の学校としては、深夜まで男女の生徒にうろちょろされるのが、目ざわりなのだ。ものわかりのいいわれわれ生徒は、自主的に五日に登校、片づけと清掃をおこなう手はずをととのえていた。

したがって四日は、がらんとした校内に、古代史クラブ苦心製作のピテカントロプス・エレクトゥスの頭骨や、探偵小説クラブがでっちあげた三ツ首塔の模型などが、静まり返っていたことになる。

もっとも客がいないわけではない。

正門はとざされているが、勝手知った生徒や父兄のいく人かは、通用門から校内にはいって、のんびりと展示に見入っていた。事情通の母親なぞは、ごったがえす学園祭当日を避け、わざとこの日に来た者もいて、学校に泊まりこんでいる用務員さんも、当日出入りした人間の数を、正確につかむことはできなかった。

――事件は、そんな日におきたのである。

4

校舎の壁にとりつけられた時計が、午後三時を回った時分だ。

柚木さんが、ふらりと学校にあらわれた。

しばらくぶりに顔を出すと、母校とはいえ、なんとなくよそよそしい。ことに柚木さんは浪人だ。

いやしくも一流大学を志望するからには、一浪二浪はあたりまえというのが常識だけれど、柚木さんのような性格の人は、なんとなく気恥ずかしいのだろう。そのせいかどうか、とにかく柚木さんは、人気《ひとけ》のない休日の学校にあらわれた。

連日の軽食コーナー経営でバテた私は、むろんこの日、学校を休んでいる。したがってここから先は、かれからの聞き書きということになるので、ご諒承ください。

昼すぎまで、断続しながらつづいていた見物の客足も、このころにはもう途絶えていた。それでなくても、休みの日の学校は淋《さび》しいものだ。核戦争で廃墟《はいきょ》にされたように、どの展示室もガランとしていた――そうだ。

「かりにもおれは、古代史クラブの先輩だからね。わりとていねいに見ていったんだけど、正直なところ気味が悪くなったな」

きもだめしで笑われたことも忘れて、柚木さんはまったく正直者だ。

「粘土でこさえたアンケセナーメン王妃のミイラがあったわね。悪趣味だわ」

有名なツタンカーメン王の妻にあたるミイラで、王との仲は良好であったと伝えられる。

「石器時代の槍や鏃《やじり》があったろう。それから、石貨の見本も」

「あった、あった。石貨に文字が刻んであるから、なんだろうと思ったら」

直径一メートルほどの石貨に「一万円」、蔓《つる》で二、三十個、中央の穴をとおしてひとまとめにされた小さな石貨に「一銭」と、文字が浮き出ていた。ふざけた古代史だ。

「速乾性セメントでこしらえたんだ……おれのアイデアだよ」

「そうですってね。クラブ員総出で、狩りの実演をやったり。なんのことはない、男性のセミヌードショー」

腰に毛皮を巻きつけた男生徒数人が、石斧《いしおの》や棍棒《こんぼう》をふりかざして、ぬいぐるみのけものを追うのが、ここの展示場の目玉だった。

あいにくぬいぐるみに適当なものがなく、逃げまどったのはでかいパンダだったから、見物人一同腹をかかえた。

「原人に女性のいないことが、残念ね。しげ子、クラブに所属してたんでしょう」

「柏くんかい」

私にたずねられて、柚木さんは苦笑した。

「彼女がヌードになんかなるもんか。クラブもずっと休んでいるらしい」

「あら。あんなに熱心だったのに？」

「おれも惜しいと思うんだけどね」

「けんかしたの、しげ子と」

「えっ」

柚木さんは、どぎまぎした。かれは卒業したあとも、ひっきりなしに古代史クラブへ出入りした。ツタンカーメンや王妃に興味があったというより、しげ子に関心があったせいだ。彼女の方も、まんざらではなかったとみえ、現に、柚木さんに私とポテトを紹介したのも、しげ子だった。ふたりの関係がどこまですすんでいたか知らないが、少なくともわれわれは、かれと彼女をカップルとして公認していた。そのしげ子が、急にクラブから遠のいたのは、おそらく柚木さんとのあいだになにかがあったのだ。

と、私は推理したのだけれど、柚木さんは否定した。

「おぼえがないね。勉強が忙しくなったんだろう」

「それだけ？」

「そのほかに、なにがあるんだ」

珍しく柚木さんが、こわい顔になった。

「彼女、おやじさんに釘を刺されてるのさ……浪人させる余裕はないって。だからシャカリキになってるんだよ」

「しげ子のお父さん、学校の先生だったわね」

「ああ。なにもおれの前でいうことないのにな、おやじさん」

柚木さんの表情が、しょぼくれた。

「いちいち気にすることないって。長い人生航路だもの、嵐もあれば雨も降るわ。そんなことでしげ子と疎遠になっているのなら、彼女にハッパかけといてあげる」

「いいじゃないか、もうその話は……事件のことを聞きに来たんだろう」

「ごめんなさい。古代史クラブの展示室にはいったんだったわね。それで？　だれかに会ったの？」

そこにはだれもいなかった。ただ、窓からさしこむ秋の陽に、年表やら模型やらが黄色っぽく照らされていたきりだ。そのときふいに、明かりがすうっとかげった。かがやいていたガラスが灰色に冷えて、いっぺんにあたりが寒々となった。

昨日にくらべると、雲量はかなり多い。照りつければ汗ばむような日の光だが、雲がその陽光をさえぎると、大気はたちまち水みたいにひんやりとなる。

滅入るような気持ちで柚木さんが廊下へ出ると、トランペットよりも高く、はずむ声がかれを迎えた。

「こんにちは！」

「やあ……佐々部くん、きみも来てたのか」

「きみも、なんていやあねえ」

洋子が笑った。いまにも背中をどやしつけそうなゼスチュアだったから、柚木さんはあわてて身をひいた。

「オカルトクラブとしては、こんな日の方がムード出るのよ。きのうみたいにぞろぞろぞろぞろ歩行者天国では、バンパイヤだって手が出せないもん」

ぜひ見て、さあ見て、見て見て見てとばかり、洋子は柚木さんをひっぱった。古代史クラブとオカルトクラブは、階段を挟んですぐとなりなのだ。

「いかが」

おどろおどろしい飾りつけを指さして、洋子は得意そうに、鼻の頭にしわをよせた。

「あのタロット、私が描いたの」

「タロットて、なんだい」

「タロットカードを知らないの。エジプト、バビロニア地方で行われた、古代の易術から生まれたものでありまして、大アルカナは七十八枚、他に小アルカナもございます」

「なんだ、易者の筮竹《ぜいちく》みたいなもんだね」

あっさりいわれて、洋子は不服そうだった。だが、すぐに元気をとりもどして、

「きのうは私たち、ここでサバトをやったんだ」

「サバト?」

柚木さんには、ちんぷんかんだ。私がそばにいたら、喜んで解説するところだが、この際は洋子に花をもたせよう。

「魔法使いのパーティーよ。ゲーテの『ファウスト』知ってるでしょう。あのワルプルギスの夜のらんちき騒ぎ。ま、あんな調子ね。サバトの舞台は、たとえばブルターニュの原野、ブロッケンの山中」

「へえ」

と、柚木さんは目をまるくした。

「それ、どっちも古代の巨石文明で名高い場所だぜ」

「そうなのよ！」

洋子がまた手を高くあげ、柚木さんが身をひいた。

「古代文明の一翼をになうのが、すなわちわがオカルティシズムなんだわ。ふたつのへやがとなりあわせというのも、なにかの縁じゃない？」

「縁はいいけど、きのうのサバト、どんなことをやったんだ」

「それが傑作。用務員室からむかし使っていた、大きなお鍋を借りてきて、中へドライアイスを入れたの。もこもこ、もこもこって、煮えてるみたいに白い煙が出るじゃない。それをかこんだ私たちクラブ員が、カーテンの布でつくった黒い服を着てさ、お鍋にビニールの蛙や蛇やとかげや、キューピー人形をほうりこんでさ」

「なんだってキューピーを入れるんだ」

「本ものサバトは、赤ちゃんを投げこむんだって。でも日本は法治国だもん、コインロッカーに入れる人はいるけど、お鍋に入れるわけにゆかないわ。だから、代用品。ドライアイスの煙の中で、私はさっと服をぬぎすてたわ。見物していた人たちが、あっと声をあげたっけ。そのはずよ、私は服の下に……」

「なんにも着てなかったのか！」

「エヘヘ……ヌードそっくりに見える、肌色のタイツを着てたんだ」

「なあんだ」

「そんな、がっかりしたような顔しないでよ。その恰好で、私は悪魔に礼拝したわ」

正面の壁に、サバトを主宰する悪魔レオナルドの姿が描かれていた。描いたのは、やはり洋子にちがいない。三本の角を生やした山羊《やぎ》であった。もっこりとふたつの乳がもりあがった体には、しかし男のものが生えていた。

「リアルに描けば発禁だもんね。黒い紙でも貼りつけようかと思ったけど、それじゃギャグマンガになっちゃうし」

苦心の末、ふとい枝のようにも、四本目の角のようにも、鱗《うろこ》を光らせた蛇のようにも見える器官として描いた。男と女の象徴を一身にあつめて、悪魔は金の椅子にふんぞり返っている。

「礼拝の言葉はこうなの」

洋子はかるく目をとじ、口ずさむようにいった。

「サタンよ！　お前の黒い本に、わたしの名前を書きつけておくれ。わたしはお前のために、毎月ひとりのいけにえを捧げましょう。サタンよ！」

もうよせ、と柚木さんはとめたかったそうだ。だが、歌うような語るような洋子の声が、柚木さんの口を封じた。気のせいか、山羊の顔をした悪魔が、笑ったように見えたという。

はっとして見直せば、窓から吹きこむ風に、紙があおられただけのことであったが。

ふいに、かたんと机が鳴った。

ふり向いた柚木さんは、いつへやへはいってきたのか、そこに立っている長身の若者を見た。

「有原！」

それは有原秀之だった。三宅一生《みやけいっせい》のデザインした、ファッショナブルな男女共用のブラウスをぞろりと着て、人形のように膠着《こうちゃく》した表情をつくっていた。口もとにしまりがなく、目は淀んだ沼みたいに生気がない。はじめ柚木さんは、冗談だと思ったそうだ。

「そんな顔するなよ。きみも来ていたのか」

近づこうとしたとき、有原が声もなく笑った。およそ意味のない、それでいてひどく気味の悪い笑いだった。洋子が小さな悲鳴をあげた。

「有原？　どうしたんだ」

柚木さんの呼びかけに、有原は一切の反応を示さなかった。目も、柚木さんにそそがれているのではなかった。その視線は、柚木さんと洋子のあいだを通って、教室の壁へ投げられていた。有原の視線を追ってふり向いた柚木さんは、ぞっとした。

そこには、三本の角を生やした悪魔レオナルドの画像があったからだ。

有原は、眉をひそめた。柚木さんたちの存在をまったくみとめていないのか、こんどは奇妙に口をとがらせた。有原の百面相に、どんな意味があるのかも知らず、柚木さんは背筋につめたいものが走るように思われた。

「やめろ、有原！」

その肩にのばそうとした手を、あべこべにぐいとつかまれて、柚木さんはもがいた。

「おれだよ、有原、有原」

「ぼくは死ぬんだ。じゃませんでくれ。出ていってくれ」

はじめて、有原が口をきいた。地の底からしみ出るような、低い声だったという。

「なんだって」

柚木さんは、耳を疑った。

「死ぬ、だれが死ぬんだ」

「ぼくだ。どうせ、人間は死ぬ。ぼくも死ぬ。あんたも死ぬ。聞こえるだろう、ほら」

そういって、有原はまた、ひょいと口をとがらせた。

「いったいなんの話をしている？　しっかりしてくれ」

「あんたに、あの声が聞こえないのか……悪魔の声が。どうせ死ぬなら、早い方がいいというあの声が」

柚木さんは耳をすました。むろん、そんなものは聞こえやしない。がたがたと窓が鳴ったのは、吹きすぎる空っ風のせいだ。

「くだらない。風の音じゃないか」

笑いとばそうとしたものの、奇妙に頰がひきつれて、柚木さんは笑えなかった。

「どこへ行く！」

「有原くん！」

ふたりが、同時に叫んだ。

ぎくしゃくした動きで、有原が窓に近より、手をかけたのだ。

ざらざらと、古ぼけたスチールサッシが、耳ざわりな音をたててひらいた。窓の向こうには、空があるばかりだった。その方向には、広大な敷地を擁して、住宅公団がタウンハウスを建設中なのだ。雲が、重たげに視界に淀んでいた。

柚木さんは、反射的に考えた。

（有原は、飛び降りるつもりだ！）

「やめろ、おいっ」

夢中でとびついた柚木さんを、有原の頑丈な腕がさえぎった。

「人間は死ぬんだ……ほうっておくがいい……ぼくは翼をひろげて飛び立つのさ」

翼をひろげる。

どこかで聞いた言葉だとは思ったが、有原に押されて、ずるずる後退した柚木さんは、それをたしかめるどころではなかった。

「やめなさいよ！　有原くん！　やめてっ！」

ソウルを歌わせたら似合いそうな、洋子の声がとめにはいったが、有原の力はまったくゆるまない。

「じゃませんでくれ」

柚木さんと洋子を廊下へ押し出した有原は、手荒に展示室の戸を閉めた。

「有原！　有原！」

柚木さんたちは、戸をあけようと必死になった。引き違い戸に、中からねじ錠をかけたらしい。

(有原は、もう飛び降りてしまったのか？)

いずれにせよ、一分一秒が惜しい。

「重いけど、二枚いっしょに戸をもちあげよう」

「よし！」

柚木さんと洋子は、重量感たっぷりの引き違い戸を指にかけ、声をそろえた。

「せーの！」

ぎしっ、と二枚の戸が一度に、敷居から離れた。柚木さんは、顔を真っ赤にして、体をひねった。ほんのわずか、戸が斜めにかたむいて、その隙間から、柚木さんはむりやり体を展示室の中へさし入れた。

どこにも、有原の姿はなかった。

「いた？」

「いない！」

背後からたずねる洋子に、怒ったような答えを送って、柚木さんはわき目もふらず窓《まど》框《かまち》へとびついた。窓はさっき有原があけはなしたままだった。

柚木さんはコンクリートの校庭を見下ろした。

予想通りなら、そこに、死なないまでもかなりの傷を負った有原が、倒れているはずだった。

だが？

柚木さんは、二、三度はげしく、目をしばたたいた。

展示室の真下には、軽食コーナーの日よけが半分ほど突き出されて、なにごともなく静まり返っている。

「有原くん！」

柚木さんの横に、洋子が並んだ。窓框にしがみついて、真下の校庭に呼びかけたものの、すぐきょとんとした表情で、柚木さんを見た。

「これ、どういうこと」

「さあ……」

「あの日よけは、うすいビニールよ。有原くんが飛び降りたら、ううん、三つか四つの子どもが降りたって、破れるわよ」

「だからさ、おれもふしぎに思って」

するど、斜め下から声がかかった。

「柚木さん！　なにを見てるの」

それはしげ子だった。葉の落ちかかったアオギリの下に椅子をもち出して、参考書らしいものを読んでいたのだ。兄弟の多いしげ子は、自分の家で勉強にうちこむスペースがない。だから、図書館とか学校へ、しょっちゅう通い詰めている。私やポテトは、遠距離通学に属するので、そんな器用な真似はできなかった。

「柏くん……そこにいたのか」

ちょっと面食らった形の柚木さんだったが、すぐ、呟きこむような口調でたずねた。

「有原がこの窓から落ちたんだ！　きみ、気がつかなかったかい」

有原、と聞いたしげ子は、遠目にもそれとわかるほど、はっきり眉をひそめた。

「有原くんが？　おかしいわねえ。気がつくもなにも、私は一時間くらい前からここに頑張っているのよ。だれかが窓をあけたことはおぼえてるけど、あとは猫の仔一匹落ちてきやしないわ」

しげ子がいうのも、もっともだった。窓から見下ろしたときには、アオギリの幹にさえぎられて、とっさに彼女の存在に気づかなかったが、しげ子の方から見れば、窓もその下の校庭も、あますところなく視野にとびこむ。かりにも人間ひとりが墜落したのだ、いくらしげ子が勉強にうちこんでいたところで、見逃す道理がない。

「へんなの」

気抜けしたみたいに、洋子が、いやにまのびした声でつぶやいた。

「じゃ、有原くんは……どこへ行っちゃったんでしょう」

なんの脈絡もなく、そのとき柚木さんは、有原が叫んだ言葉——「翼をひろげて飛び立つ」を、どこで聞いたか思い出していたという。

(西郊高の校歌……そのワンコーラスにあった文句だ!)

5

有原の死体が発見されたのは、おなじ日の晩七時すぎのことだった。

夕食をおえた用務員さんが、就寝前にひと回りと、校庭を巡視して見つけたのである。

場所は、かれが飛び降りたとおぼしい、オカルト展示室の窓の真下。昼間とちがうことは、日よけのビニールが完全に巻きあげられていたことだった。三階の窓はいっぱいに開いていた。生徒たちが残らずひきあげたあと、用務員さんが窓をたしかに閉めたそうだ。それにもかかわらず、午後七時現在、窓はひらいており、有原がその真下で死んでいたのである……柚木さんと洋子がかれをオカルトクラブ展示室で見失ってのち、四時間たってからだ。

「四時間かかって、墜落したというわけかい」

と、兄の克郎《かつろう》がいった。

「どこかで聞いたような話だけど」

と、ポテトがいった。

「当然よ。エドワード・D・ホックの推理小説『長い墜落』*に、そっくりだわ」

と、私がいった。

なにか事件がおこると、きまってわれわれ三人は額をあつめる。中学のころは、もっぱら私のへやが集合場所だったが、高校も最上級生になると、いくらか格があがって、青山《あおやま》通りにほど近い喫茶店「タイムマシン」へゆく。営業時間が午前八時から深夜二時までというのも好都合だったが、なにより私は、この店の内装が気にいっていた。木目の浮いた板張りの壁に、古めかしい柱時計、六角時計、鳩時計が、ところ狭しとかけられている。まん中に楕円形の大きな卓子《テーブル》がすえつけられ、その中央にラッパ型の手回し蓄音器がのっている。ちゃんと戦前のSPレコードもかかっていて、ラベルは「愛国行進曲」だった。まわりには、およそ国を愛しそうもない、ツナギやジーンズの若者がたむろして、思い思いのポーズで肉厚なコーヒーカップを愛撫している。

この雰囲気なら、殺人だろうが蒸発だろうが、どんな非日常的話題を口にしたって、だれも気にとめやしない。

私たちは、店のいちばん奥まった席を占領して、事件の詳細を検討することにした。ジャーナリストのはしくれである兄は、こんなときすこぶる重宝なニュースソースである。そのかわり、これが私の兄かと、疑いたくなるほど推理小説に弱い人物だった。

「なんだ、そのホッチキスの『長いなんとか』てのは」

「ホッチキスじゃないよ、ホックだよ」

「どっちでも、止めることに変わりはないや。どんな話だ」

「あるビルの社長がさ、二十一階の窓から飛び降り自殺したの。ところが、落ちてるはずの死体が見つからない。発見されたのは、飛び降りてから三時間四十五分あとだった」

「まるでおんなじだ」

兄貴が、目をまるくした。

「二十一階と三階のちがいだけじゃないか……で、トリックは。犯人は」

ポテトは苦笑した。

「ここでしかけをばらしては、まだ読んでないお兄さんに悪いよ」

「悪くない。まるっきり、悪くない。だから教えろ」

＊創元推理文庫『サム・ホーソーンの事件簿I』に収録されている。

いつも、この調子だ。推理小説を読むのは、きまって最後のページからという、おそるべき青年である。

「犯人がだれかわかってないと、気分が落ち着かん」

とのたまうのだ。

「兄貴は悪くなくてもさ、推理小説のエチケットに反するよ。その話はこっちへおいといて、とにかくデータをあげてみて」

しぶしぶ兄は、しゃべりはじめた。

「夕刊サンの印刷所は、世田谷にある。お前らの高校も世田谷にある。当然警察の管轄《かんかつ》は世田谷の中町《なかまち》署だ。印刷所に近いから、おれもときどき出入りして、顔がきく。幸運をおれに感謝せにゃあかんぜ」

と、ここまではプロローグだ。

墜落死——だけでは、他殺か自殺かわからない。そこで、一番に現場へ急行したのは、監察医だった。検案の結果、つぎのような事実が判明した。
イ、死因は側頭部にくわえられた、鈍器による破裂創である。
ロ、死亡時刻は、発見のほぼ一時間半前。
ハ、ただし被害者の前額部にも、やはり鈍器による致命的な挫傷がみとめられ、かりにイの損傷をうけることがなくとも、死は免《まぬか》れなかったと推定される。
ニ、イおよびハの創傷口に、セメントの微細な粉が付着している。これは、死体が発見された校庭に、塗布された材料と一致する。

「漢字が多くて、よくわからん」

と、兄はこぼした。

「破裂創てのは、なんだっけ」

こういう手合いがジャーナリストの末席を汚しているのかと思うと、マスコミの前途は、暗澹《あんたん》たるものだね。

「頭とか脛《すね》とか、皮膚の下にすぐ骨があるとこを打たれたときに、できる傷なのよ」

「ほう……鈍器による負傷というが、その鈍器はなんだ。やぶ医者め、わからなかったのかな」

「あほたれ」

私は笑った。

「凶器は地球よ」

「にゃにい？」

目をむいた兄貴は、つぎの瞬間、頭をかいた。

「いけねえ……そうか。被害者は落っこちて頭を地面にぶちつけた。つまり、校庭が鈍器なんだ」

「あの場所はさ。私が店をひらいたとこでしょ」

私の店というと、どこかに宝石店でもひらいたみたいで、リッチな気分になる。

「ひびわれ、でこぼこの舗装だったもんで、速乾性のセメントで応急修理したんよ」

「その粉がくっついたというわけか」

それまで黙っていたポテトが、口をひらいた。

「よそで殺してから、死体を運んだという可能性は、ないのだろうか」

「まあ、ゼロといっていいでしょうね。創口にあとでセメントをまぶすなんて、不自然すぎてすぐわかってしまうわ」

「ええ、お言葉中ですが」

兄貴が、おずおずと問いかけた。

「創と傷では、どうちがうんだ」

「創は口のひらいたキズ、傷は口のひらかないキズ」

と、私はにべもない。

「はあ……つまり被害者は、先に血の出ない傷をうけ、つぎに血の出た創をうけたというんだな」

兄貴の即物的な描写を耳にして、私は一瞬、白く乾いたセメントに、赤黒い液体をぬりたくって、動かなくなった有原くんの姿を思い浮かべた。

すぐに、私は首をふって、いった。

「問題は、なぜキズがふたつできたか。そこにしぼられるわね」

「被害者は、二度墜落した。それはなぜかと、いいかえることもできる……いや」

兄貴は、もっともらしい顔で、腕ぐみした。

「そもそもこの事件は、自殺なのか他殺なのか」

検案後、警察でも一時は議論がふたつにわかれたそうだ。少なくとも被害者は、投身直前に自殺を明言している。

「自殺の動機も、ほぼ見当がついているんだ」

と、兄貴はいった。

「へえ！　有原くんに、自殺する理由なんてあったの」

いつの間にか、私は、かれにまた「くん」をつけていた。死者への礼儀のつもりだったのだろうか。

「信じられないわ」

「では教えてやるがな。柚木なにがしの話を聞いたといったな」

「ええ」

きのう柚木さんに会って、あらましを聞いた、その結果が前節の文章なのだ。

「それなら、有原少年の症状がわかるはずだ……というのは、柚木の証言を聞いた精神科医の受け売りだがね。医師曰く、被害者は精神分裂病を発症したにちがいない……人形のように無表情だったり、意味のない笑いを洩らしたというが、これを医学的に見れば、仮《か》面様顔貌《めんようがんぼう》および空笑《くうしょう》とよばれる、分裂病の特徴なのさ」

「へえ」

「さらにかれは、悪魔の声と称する幻聴を耳にしている。本人は悪魔といっているが、実は自分自身の考えていることが、声になって聞こえてくるんだ。これを考想化声《こうそうかせい》ちゅうんだ」

「へえ」

克郎兄貴め、すっかり調子づいて、即席精神病理学をぶちつづける。ふだん私に、

「お前さん、モノを知らなすぎるよ」

といじめられているものだから、すこぶる気分がよさそうだ。

「分裂病の最大の特徴である幻聴に動かされて、被害者は証人ふたりに乱暴をはたらいた。これが衝動行為だな」

「つまり、緊張興奮型の分裂病による自殺、と考えられるのね」

兄貴には気の毒だったが、いつまでもしゃべらせておくと、話がすすまない。

「その特徴は、眉をひそめたり、口をとがらせたりしたことにもあらわれているわ……作《さく》嘴《し》といって、分裂病患者は自分でも知らないうちに、ひょいひょい口をとがらせるんだって」

「なんだ、お前……よく知ってるじゃないか」

「ひと月ほど前、この病気の本を読んだばかりよ」

興味あることだと、われながらあきれるほど、能率的に記憶するのが私なのだ。

そのかわり、関心のない話だと、たとえそれが期末試験の問題であっても、見向きもしない。だから、父や母は、

(ひょっとすると、うちの娘は早発性痴呆《ちほう》ではないか)

と心配しているらしい。

「興醒《きょうざ》めだな」

兄貴は、正直な感想を洩らした。

「たまにはお前の知らねえことを、しゃべってやろうと思ったのに」

「気にしない、気にしない。人生の先輩として、お前さんには十分な敬意をはらっておるのれす」

「そのお前さんが、気にくわん」

「ごめんね、兄上」

やむなく私は、とっときのせりふで、御機嫌をとりむすんだ。

「こないだ貸した千円、棒引きにするからさあ」

「ふん。まあよかろう」

てきめんに兄貴は、頬をゆるめた。男の子なんてちょろいもんだ。克郎兄貴は、おん年二十ン歳であるが、両親の督促にもかかわらず独身を守っている。男のコ、と呼んでも文句はないだろう。

「分裂病で自殺を図ったといえば……」

ポテトが、闇夜の牛みたいに、のったりと話に鼻面を入れてきた。

「画家のゴッホがそうでしたね」

「片耳を切った、あれだな」

兄貴がうなずいた。

「しかし、ゴッホの場合には芸術上、人生上の悩みがあって発病しました。有原くんの場合、なにが引き金になったんだろう」

前半を兄に、後半を私に向けて、ポテトが問いかける。そんなときのかれは、ややうつむき加減で、広い額だけが知的に目立って、まあまあ見られる顔になった。

「むろん、人の心は井戸みたいに簡単にのぞけるものじゃない。まして有原くんは、他人に弱味を見せる男ではないから、かれの悩みをだれひとり知らなかったとしても、当然だ。

だがぼくは、有原くんと柚木さんという組み合わせを聞いて……いや、それにしても……まさかねえ……」

おわりの方は、ひとりごとだった。とにかくポテトの話は、まどろっこしい。原稿用紙に書けばおなじ行数でも、ついやす時間は二倍以上だ。いくら秋の夜が長いからといって、あんまりだ。

「はっきりおっしゃいよ。ポテト、こういいたいんでしょう。有原くんの発症は、お芝居だって」

「芝居？」

兄貴が目をぱちくりするのもかまわず、私はつづけた。

「有原くんにとって、柚木さんはカモなのよ。だましてだましがいのある、お人よしの先輩」

「うん……ぼくも、そういおうと、思ってた」

「でしょう？　さもなきゃそんな、分裂病のショーウインドーみたいに、つぎからつぎへと、だれの目にもわかる症状を陳列するもんですか」

「まってくれ」

兄貴が八手《やつで》のようにでかい手を、顔の前でふった。

「有原というのは、人をかつぐくせがあるのか」

そこで私は、きもだめしと、映画館の一件を話してやった。

「ふうむ。それにしても、にせ患者というのはどぎついな」

まだ納得しかねるような表情だった。

「徴兵をまぬがれるために、狂人を装ったというのは、戦時中ちょくちょくあったそうだが」

「おんなじことだと、思うんです」

ポテトが、考え考えいった。

「ぼくたちだって、兵隊ですから」

「あ?」

「受験戦争に、いやおうなしにかりだされてます……今日はここまでおぼえこむ、明日はここまでアタックする、そんな機械みたいなスケジュールで、頭にたがをはめてるんですよ。たまには、なんにもとらわれるもののない、狂人の世界へ逃避したくなるっての、むしろ自然かもしれません」

「まして、そのお芝居で、柚木さんを仰天させることができるならね」

「まてまてまて!」

兄貴がどら声を出したので、ウエイターが、運んでいたコーヒーをもう少しでこぼすところだった。

「するとなにか。有原は、芝居のつもりの自殺で、ほんとうに死んでしまったというのか！」

私たちは、顔を見合わせた。

「いや……」

ポテトが、例によって煮えきらぬ声をあげ、私は私で断乎《だんこ》として、

「そうじゃないわ。他殺よ」

「というと？」

「考えてもみて。いっぺん落ちただけで、おでこと側頭部の二個所に傷つくことはないわ。かりに柚木さんたちが証言した最初の墜落で側頭部を打ったとすれば、その致命傷を負った体で、四時間後にまた三階から投身するなんて、そんなばかげたことはできやしない」

「二度目に有原くんを、三階の窓から落としたなにものかが、介在するんです」

ポテトの言葉に、兄貴は大きくうなずいてから、ひょいと狐につままれたような顔になって、

「他殺だろうが自殺だろうが、かれが空中で消えた謎は残るわけだな」

そのとおりだった。

柚木さんと洋子がオカルト展示室へおどりこんだとき、有原くんの姿はなくて、窓だけがひらいていた。

だが校庭のしげ子は、だれも落ちてこなかったといい、事実ビニールの日よけは一センチだってやぶれていなかった。

では有原くんは、空中で消え失せたのか。

もともと窓から飛び降りなかったのか。

とすれば、かれは、どんな方法で展示室から姿を消したのか……?

薩次が書いた――Ⅰ

1

ぼくたち三人は、暖房のきいた「タイムマシン」を出た。

とっぷりと暮れた町は、首をちぢめたくなるほどの寒さだった。冬が、すぐそこまで来ているのだ。

(もうじきクリスマスか)

ぼくは、スーパーをふり向いて、いった。

「おぼえてる？　去年の十二月……有原くんたちとスケートへ行ったこと」

「そうだったね」

スーパーの白い歯なみが、こぼれた。

「あの秀才に、あんなウイーク・ポイントがあったとはね」

「なんの話だ」

と、克郎さんが割りこんできた。

「ほら、兄貴、スケートリンクの招待券をもらってきてくれたことが、あったじゃない。それでみんなをさそったうちに、有原くんもはいってたの。はじめはひどくしぶってたわ」

「スケートが、苦手なんだそうです」

「だけどかれ、スキーは名人なの。だったらすぐ滑れるわよっておだてたら、かれもだんだんその気になってね」

「ついてったのか」

「そしたら、悲惨！　私たちがいくら手をとっても、膝小僧がガクガクして」

「秀才氏は、運動神経がにぶいのかい」

「ううん、野球でもテニスでもマージャン……はちがうか。とにかく颯爽《さっそう》とこなすんだけどね。スケートだけはだめなんだって。あとで聞いたら、まだ三つか四つのころにリンクへ連れていかれて、強烈にころんで脳震盪《のうしんとう》おこしたらしいわ」

「ははあ。原体験というやつだな」

そんなこととは知らないから、親切気を出したぼくは、かれをリンクの中央までひっぱっていって、手をはなしちまった。次の瞬間、有原くんは世にもぶざまなポーズで、氷に尻餅《しりもち》をついていた。

あわててさしのべた手をはらいのけて、有原くんはものすごい目で、ぼくをにらんだ。

それから、必死の形相で立ちあがり、生まれてはじめて歩く赤ん坊よりもおぼつかない足どりで、リンクサイドへもどろうとした。

その右を、左を、突風のようにスケーターが滑走する。よちよち歩きの有原くんにとってみれば、新幹線にあおられるようなものだ。

二度……三度、有原くんはころんだ。はらはらしたぼくは、そのたびに助けおこそうとしたが、有原くんの背が示す拒絶の壁にさえぎられて、手を出すことができなかった。

つぎの日、ぼくは、有原くんに教室マージャンをさそわれた。子どものころ習ったおかげで、スケートだけはさまになるけど、あとはスポーツも遊びも、ものになったためしがない。マージャンだって、見よう見真似で、最小限のルールを知っているだけだ。

そんなぼくを相手に、有原くんは徹底的に勝ちまくった。あとのふたりなぞ、眼中にない様子を見て、

(これがきのうのしかえしか)

ぼくは、ぞっとした。

スーパーは、ぼくを闇夜の牛という。たしかにぼくは、のんびりしたところがあるし、めったなことでは感情を表に出さない。だがそれは、感情がないということじゃない……臆病なぼくは、他人に心の内を見すかされるのがいやで、表情に厚化粧しているだけだ。

でも、この日ばかりは、そんな体裁をととのえる余裕もなかった。あまりの惨敗に、ぼ

くは頭の芯まで熱くなってきた。

「いいかげんに、勘弁してあげなよ」

というスーパーの声が聞こえて、いっそうぼくはカッカとし、いっそう泥沼にはまっていった。
二、三日して、渋谷《しぶや》でばったり会った有原くんは、おどろいたことにスケート靴をぶら下げていた。
「きみのおかげだ」

有原くんは、にやにやと笑った。

「やっとどうにか、滑れるようになったぜ」

ぼくをジューススタンドへさそったかれは、そこで幼稚園児だったころの体験を、語ってくれたのだ。

「となりにかわいい女の子がいてさ……おれがぶざまにころんだのを見て、ケタケタ笑いやがった。頭をぶっつけてボーッとなってる耳に、その声ばかりいつまでも残ってね……癪《しゃく》だと思うより、みっともないって気持ちでいっぱいだった……それからだな、なにをやるにしても、勝たなきゃいけないと思うようになったのは。笑われたらおしまいだ。おれは、いつでも、どこでも、笑う側に立つんだとね」

教室のかれは、友人を笑い、教師を笑い、校則を笑った。

「こんな問題がわからないのか」

「先生、もっとちゃんと勉強してきてください」

「その規則は矛盾してると思うなあ」

笑われた連中にとっては、どんなにか腹の立つ相手だったろう。しかもかれは、西郊高が擁する、最強の戦士だった。大勢の凡才を尻目に、超一流校への進学が約束される、完全無欠の秀才だった。

戦士いまや亡し。

「おかしな気分だな」

ぼくのつぶやきを、スーパーが聞き咎《とが》めた。

「なんだって」

「有原くんだよ……柚木さんを笑うつもりで死ぬ真似をして、けっきょく本当に死んじまって……それでも有原くんは、どこかで笑っているんだろうか」

2

青春。

青い春、と書く。古代中国では、季節を色彩によって形容した。春が青、夏が赤、秋が白、冬が黒。

今日みたいに、空にどす黒い雲がたれこめて、底びえのする初冬の朝にぶつかると、なるほど冬は黒だなあと感心する。

忘れていたが、明日は十一月八日。もう立冬だ。古来のルールにのっとって、寒波がやってきたらしい。

「こんな早くから、どこへ行くの」

玄関で靴をはいていると、台所から、母がふしぎそうにたずねた。

「日曜日でしょ、今日は」

「うん」

「学校、お休みなんでしょ」

「うん」

ぼくは苦笑した。親という人種は、あたり前のことばかりいう。

「遅刻してはいけません」「勉強しなさい」

「早寝早起」「むだ遣いしないで！」

いちいちもっともだから、子どもはおとなしく聞いているけど、心の中では、

(わかりきったこというなよ)

と、むくれているのかもしれない。もしその不平が耳にはいったら、親はさらに追い討ちをかけていうだろう。

「わかっているなら、いわれる前にちゃんとおやり」

そこでまた子どもたちは、心の中でこう答える。

(人生には、わかっていてもできないことが山ほどあるんだ。おとなだって、体によくないと思いながら、タバコを吸うし、大金をばらまいて、選挙に勝とうとするじゃないか)

だがぼくは、気がせいていたから、母と議論するつもりはなかった。

「中町の図書館へ行ってくる」

「お前が?」

ぬれた皿を手に、母が意外そうな顔を、台所から出した。

「少しは勉強する気になったか。ま、少しでいいぞ。ガリ勉はお前に向かん」

茶の間からは、朝刊をもった父が出てきた。二流大学の教授で、息子に出世を要求しないのはありがたい。

ぼくは生返事をして、とび出した。

どのみち、ぼくは勉強のために行くんじゃない。それなら、わざわざ中町の小図書館まで足を運ばなくたって、麻布《あざぶ》に大きな図書館がある。目的は柚木さんに会うことだった。

日曜の朝は、バスも、道路もすいていた。予定より早く、ぼくは十時前に図書館へはいることができた。一階は児童図書、二階が一般閲覧室で、三階に学生用のへやがあるのだが、混んでいるときはどしどし二階へ越境してくる。

寒気のせいか、今日はまだあちこちに空席がある。二階から三階への閲覧室を通りぬけたが、柚木さんはいない。スーパーの話だと志望校の合否すれすれにいる柚木さんは、朝から晩まで、この図書館へつめているという。

「本人の意志じゃないけどね」

と、スーパーはつけくわえた。

事情は聞かなくたって、わかる。

同友にターゲットをしぼっている柚木さんは、こんどもまたボーダーラインぎりぎりなのだ。「実力アップ」「合格率最高」を誇る予備校に通っているのはもちろんだが、いくら自分がアップしても、同輩や現役組がそれ以上に受験術に熟達していれば、二浪必至だ。

むろんぼくだって、気楽なことはいっていられない……いまや予備校は、浪人の学校ではなくなっている。時間の許すかぎり、どうかすると自分の学校を休んでも、現役の高校生が押しかけて、高度に完成された受験テクニックをおぼえこもうとするからだ。

柚木さんのような浪人としては、尻尾《しっぽ》に火のついたねずみのように、あせりまくる羽目となる。

父親の昂士氏はもっと手軽な大学へというのだが、実権をにぎっている小枝夫人があとへひかないらしい。のるかそるか——というのは、はなはだ柚木さんらしからぬ決意だけれど、事実追いつめられた心境のようだ。

柚木小枝夫人には、ぼくも会ったことがある。あの情況で「会った」うちにはいるかどうかわからないが、高校へはいったばかりのころだ。

学校に近い書店・青松堂で、ぼくは某書の立ち読みをやらかしていた。白状すると、ポルノ雑誌である。

知ってる人は知ってるだろうが、ポルノとマンガの立ち読みは、圧倒的に多い。したがって書棚をレジの近くに置き、四六時中目を光らせている本屋も、これまたたいへんに多い。

世田谷の繁華街にある関係で、青松堂は、間口が狭く、奥ゆきがふかかった。レジも、店の中間と奥の二個所に設けられていた。そのうなぎの寝床を縦に二分して、新書と文庫専用の背の低い棚がのびている。つまり、青松堂は四列にわたって書棚がつづいているのだ。はいってすぐ右側には、教科書や参考書が雑然と押しこまれ、そのもうひとつ先がポルノコーナーだった。

「いやらしいわねえ」

最初に、ぼくの耳にとびこんだ声のぬしは、むっくりとふとった体を、濃紺のレースのスーツに包んでいた。

「近ごろの学生は、平気なのよ」

と、そのとなりで立ち読みしていたおばさんがいった。見るからに高そうな着物を着て、ごてごての厚化粧だ。あとで知ったことだが、地元の区会議員夫人で、当時の西郊高のPTA会長だった。

「うちの生徒かしら」

「まさか……顔つきがちがうわ」

「でもねえ、むかしに比べると、西郊もガラが悪くなったから」

それがぼくのことだとわかった瞬間、ほっぺたのあたりが、かあっと熱くなった。

ぼくがひらいていたグラビアのヌードが、けらけらと大口あけて笑ったような気がした。女の子の裸ならなんでもよくて見ていたのではない。たまたま手にとったポルノのモデルが、スーパーに似た笑顔だったので、ながめていたまでだ。

いうだけいって、おばさんふたりは、もうぼくを見向きもしない。枕のように分厚い婦人雑誌を手にとって、

「三浦友和だわ。かわいいわねえ」

なんていっている。それでもぼくは、セロハンテープでくっつけられたみたいに、手からポルノ雑誌をはなすことができなかった。いっそこのまま、写真の中へめりこみたいほ

どだった。

おばさんたちがいなくなったあと、ぼくはようやく気がついた。抱えていたズックの鞄に、西郊・牧とぬいとりがしてあったことを。あのふたりは、ぼくが西郊の学生であると、百も承知で会話をかわしたんだ。

「西郊の生徒にしては顔がちがう」

なんて！

（いやな女）

あんなのが自分の母親だったらたまらないな。そう思いながら、彼女の去った表通りを見た。

（ひゃあ、まだいる）

ふとっちょの方が、立ち話をしていた。相手は、すでに顔と名だけはおぼえた柚木さんだった。

あの人が柚木さんのママか……

ぴんとくるものがあった。柚木さんが、しげ子にこぼした言葉を、聞いたことがあるからだ。

「学校まで出てきて、おれたちを追いまくりやがって。いつか、殺してやる」

殺してやるはおだやかじゃないが、ぼくにしてみれば、あのおとなしい柚木さんが、そ

ん な過激な言葉を使うことにおどろいた。

なるほど、あのおばさんを母にもてば、そんなヒステリックな気分になるだろう。

「殺してやる」

とはいったものの、当の柚木さんは、おそらくアリ一匹つぶしても、胸の痛みをおぼえるにちがいない。ひとを殺すくらいなら、自分を殺す方が、よほど楽な仕事のはずだ。いつかしげ子が、笑っていた。

「バスや電車で、かれ、お年よりに席をゆずるでしょ。『ありがとう』という言葉を聞く前に、かれさっさと出口の方へ行っちゃうの。だからお年よりは、『なんだ……つぎの停留所で降りるのか』と思ってしまう。ところが柚木さんは終点まで、ずーっとそこに立ってるの。まるで悪いことをしたみたいに、ゆずられたお年よりから見えない位置で」

そういう柚木さんが、受験戦争の砲煙弾雨をくぐらねばならないなんて。入試は車の免許とちがうんだ。たとえ全科目で九十九点をとっても、百点の受験生が多ければ、大学の門はひらかない。細くひらいた門の前で、飢えた野犬が咬み合っているようなものだ。

柚木さんの性格で、他人を蹴落とすなんてできっこない。先輩にこんないい方は失礼だけど、進学なんかやめて、インドとかビルマの寺で、じっくり瞑想《めいそう》にふけってきてほしい。少なくともそれで、ママから乳離れできると思うんだ。

（おかしいな。どこにもいない）

柚木さんを捜しあぐねて、ぼくは立ち往生した。閲覧室から開架書棚へぬけて、受験に関係のありそうな部門を一瞥《いちべつ》したのだが、かれらしい姿はなかった。

仕方がないので、開架室の階段を通って、一階へ逆もどりする。まさか、と思った小説の書棚の前にしゃがんでいるのが柚木さんだった。

声をかけると、バネじかけの人形みたいに柚木さんはとびあがった。ぼくの方が、呆気にとられるほど、はげしい反応だ。

「き、きみ、いつから来てたの」

「さっきですよ。ずっと捜してました」

近くの本をぬき出していた中年の男が、ぼくたちを、かるくにらんだ。柚木さんは、あわてて声をおとした。

「下の喫茶室へ行こう」

「ええ」

先に立つふりをして、ぼくはそっとふりかえった。柚木さんは、手にした二冊の本を、そそくさと棚へおさめていた。どちらも表紙に見おぼえがある。

一冊は横溝正史の『悪魔の手毬唄』、もう一冊は田辺充《たなべみつる》の『不完全犯罪』。どちらも、この図書館に数少ない、本格派の探偵小説だ。『悪魔の手毬唄』は、あの金田一耕助が活躍する、いわゆる見立て殺人ものである。

見立て殺人というのは、最近の小説にはあまり出てこない趣向だけれど、歌の文句や伝承をもじったかたちで、つぎつぎに事件がおこるので、筋としては派手でおもしろい。そういえば、有原くんの死も、見立てといえそうだ……翼ひろげて飛び立ったのだから、西郊高校歌に擬したと、考えられるじゃないか。

だが、ぼくはすぐ頭をふって、この考えを否定した。たとえ演技にせよ、窓から飛び降りたのは、有原くんの意志なのだから、そこに犯人の計算が働く余地はない。

(校歌に似ていたのは、偶然さ……)

もう一つの『不完全犯罪』は、小説としてはぎくしゃくしているけど、トリックがふんだんにはいっているので、ぼくは楽しく読んだ。残念ながら自家出版なので、一般の書店では売っていないだろう。中町図書館にあったのは、たぶん作者自身の寄贈と思われる。

そうした本の内容より、気になったのは、柚木さんがなぜミステリーを読んでいたか、という疑問だ。

論理より感覚の柚木さんは、アリバイ崩しも密室も興味がない。いつかぼくの探偵小説を借りていったことがあるが、三日とたたずに返しにきた。

「なんだか、数学の参考書読んでるみたいで頭が痛くなってきた」

たしかに、謎解き小説は数学に似たところがあるかもしれない。以後、柚木さんに、ぼくのもっている本をすすめるのはやめにしたのだが——

その柚木さんが、どうした風の吹き回しで、頑固な本格ものを読んでいたのだろう。

3

喫茶室のメニューは、貧弱だった。

水よりましという程度のうすい紅茶をすすって、柚木さんがたずねた。

「図書館まで追っかけてくるなんて、どんな用だい」

「有原くんのことです」

柚木さんの瞼《まぶた》が、ぴくっとふるえた。

「げっぷが出るほど、警察にも新聞にもしゃべったよ……可能くんにだって、聞かれているし」

「悪いけど、ぼくの耳でたしかめたいんです」

というぼくの顔を、柚木さんは、まじまじと見た。

「そういや、きみも可能くんも、探偵の経験があったんだね」

正面からタンテイといわれて、ぼくは照れた。

「しかもいまは、探偵小説クラブにはいっている」

「ええ、まあ」

「それなら興味をもつはずだな、うん」

柚木さんがうなずいた。どこかで、カチカチと、耳ざわりな音が鳴っている。

(なんだろう)

音の源はすぐにわかった。柚木さんの手にしたスプーンが、ティーカップのへりに当たって、小刻みにふるえていたのだ。ぼくの視線に気づいた柚木さんは、反射的にスプーンをはなした。ソーサーの上に落ちたスプーンは、びっくりするほど大きな音をたてた。

「で?」

その音をカバーするように、柚木さんは声を張った。

「ぼくに聞きたいことというのは」

「なぜ、有原くんが消えたか。その謎です」

「そんなもの、知るわけが」

柚木さんは、のどにからんだ痰《たん》を切った。

「ないだろう。ぼくの方が聞きたいよ、探偵さんに」

「柚木さんと佐々部さんが、戸をあけるまで、どれくらい時間がかかりましたか」

相手の態度にかまわず、ぼくは質問をすすめた。

「なにしろ夢中だったからね。早くて一分……おそくても三分かからなかったろう」

「それで、戸がひらいた。いちばん先に、目にはいったものは？」

「窓さ、むろん、あけっぱなしの」

「それは、有原くんが、あなたたちを廊下へ押し出す前、あけた窓でしたね」

「そうだよ」

「それからどうしたんです」

「どうもこうもない、すっとんで行った」

「窓へ？　まわりの様子を見なかったんですか」

「なぜだい。有原は、飛び降りると宣言したんだよ。へやを見回したって、いるもんか」

「だが、飛び降りるといった人間が、かならず飛び降りるとはかぎりません。自殺するつもりでビルのてっぺんへのぼって、けっきょく死にそこねる者は、たくさんいます」

「たしかにそうかもしれないが、そのときは、そんなことを考える余裕なんてなかったね。とにかくぼくは、窓へとびついた」

「下を見た。日よけのビニール幕がのびていた。そのほかには」

「なにもなかった」

「だが、ビニール幕の下までは見えなかったでしょう」

「え？」

「有原くんの飛び降りたそばに犯人がいて、とっさに日よけをくり出したとしたら……犯人も、飛び降りて気絶かなにかした有原くんの姿も、ビニールのかげにかくされます」

一瞬虚をつかれた柚木さんは、すぐにはっきりと首をふった。

「それはないよ。牧探偵。目撃者は下にもいるんだ」

「柏さんですね」

「ああ。彼女はだれも落ちてこなかったといってる」

「だが、勉強のために来ていたしげ子は、校舎に背を向けて、本に注意力を集中していました。犯人が、すごい力もちで、落ちてきた有原くんを、音のしないように抱き止め」

柚木さんは、また首をふった。

「だめなんだ。あの日よけは、くり出すときも巻きこむときも、ざらざらとひどい音をたてる。三階の窓がひらいたのにさえ気がついたしげちゃん——柏くんに、わからないはずがない。むろん音はぼくらの耳にも届いたろう。日よけは、かれが飛び降りる前から、ひろげてあったんだ」

「そうかもしれませんね」

ぼくはこだわらなかった。

「そのあと、どうしました」

「柏くんを疑うわけじゃないが、一応校庭まで降りてみた」

「佐々部さんもいっしょですか」

「ああ」

「それで」

「柏くんがビニール幕の下で、目をぱちぱちさせて立っていた。『いったい、だれが、いつ、落ちたというの？』大まじめな顔で聞き返すんだ」

「日よけの下は、がらんどうなんですね」

「ああ。きれいさっぱりとね。軽食コーナーの椅子もテーブルも片づいていた。むろん、有原が落ちたような痕《あと》もない」

「そのあと、どうしたんです」

「どうって……柏くんたちとしばらくだべっているうちに、じいさんが麻美《あさみ》を連れて校舎から出てきた」

「麻美。あ、柚木さんの」

「妹だよ。まだ幼稚園だけど、おしゃまなやつさ」

「じゃあ家には、おじいさんと麻美ちゃんと、三人で帰ったんですね。なん時ごろ？」

「追撃急だな」

柚木さんが苦笑いした。気のせいか、その笑いはこわばっていた。ぎこちなさをかくそうとするかのように、柚木さんの手が、鼻の下をこすった。手のかげで、のどぼとけがわずかに上下した。唾をのみこんだらしい。

「三十分ぐらい、あちこちの展示をのぞいていたと思うよ。それから、『中町軒』へ行った……どうせ、あとの行動まで聞くんだろう」

と、柚木さんの言葉は皮肉っぽい。

「そういうわけです」

と、ぼくはごく素直に受ける。

中町軒というのは、学校のすぐ裏にあるレストランだ。むしろ、洋食屋といった感じの古ぼけた造りだが、この町で開業してから二十余年になる。味で評判の店だった。

「麻美がケーキを食べたがってね。校門の前に菓子屋があるんだけど、じいさんが中町軒をひいきなのさ」

それで、わざわざ大回りして、中町軒にはいったそうだ。

「あそこのは、本格的なチーズケーキなんだって。麻美は、クリームやチョコレートで飾ったケーキがほしかったから、出された皿を前にひともめしたっけ。じいさん、年だからね。耄碌《もうろく》してるくせに、頑固なんだ」

ほとほともてあましたという口ぶりだった。

「すったもんだしているうちに時間がたって、けっきょくじいさんとぼくも、そこで食事をすませることにした。料理の名もいおうか」

「じいさんがチキンクロケット。ぼくがスパゲッティ……コロッケといわずに、クロケットとメニューに書いてあるのが、またじいさんの趣味に合うんだ」

なにをやらせてもスローテンポの柚木さんだが、スパゲッティを食べることにかけては、天才的に早い。

「店を出たのは、ぼつぼつ六時になりかけていた」

「麻美ちゃんが、ずっといっしょなんですね」

「ああ。正確にいえば、ぼくは途中トイレへ立ってる。それも、大の方だ。所要時間は十分たっぷり。これでも、ぼくとしてはみじかい方だ」

柚木さんはからかい顔だったが、ふしぎに目だけ笑っていない。

「家に帰ったあとの話も聞きたいの？　何時に歯をみがいて、何時にベッドへもぐったか」

「もう、いいでしょう」

ぼくは腰をあげた。

そのぼくを、まぶしそうに仰いで、柚木さんがたずねた。

「なにか、あたらしい事実はつかめたかい」

「ええ、まあ」

「たとえば」

「どうぞ」

「たとえば、柚木さんは今日、砂糖をスプーンで三杯入れました」

「え？」

「いつか喫茶店で御馳走になったとき、いったじゃありませんか。若年層に糖尿病がふえてるから、おれは絶対、砂糖を一杯しか入れないって」

「……」

きょとんとしている柚木さんだ。自分では、まったく意識しなかった動作なのだろう。

「どうも。勉強のおじゃましちゃって」

ぼくはぴょこりと、頭をさげた。

4

柏しげ子の家は、十年前にできた建売住宅だ。狭い敷地にはげちょろけた二階建ての家が、押し合いへし合い肩を並べている。

「このへん残らず、建蔽率《けんぺいりつ》違反らしいの。お父さん、学校の先生でそういうことにうといから、不動産屋にひっかけられたんだわ」

しげ子が説明した。

延べ七十平方メートルあるかなしかの家にしては、しげ子のへやはたっぷりしていた。東南角の六畳だから、日当りも最高だ。ただし今日は、昼近くになってもどんよりにごった曇り空のままだった。

一方の壁につくりつけになった書棚が、このへやの主人の勉強家ぶりを知らせていた。これがスーパーのへやだと、哲学からマンガまで、手当たり次第に並んでいるが、しげ子の場合はひたすら参考書だ。一センチのでこぼこもなく、きっちり並んだ大判の図書が、棚の一角をふさいでいる。ぼくは、ため息をついた。

「よくやるなあ」

「人並みだわ」

と、しげ子はこともなげだ。

「そういうポテトだって、こっそり勉強してるんでしょう」

「とんでもないぬれぎぬだね。ぼくなんか」

弁解しかけると、しげ子がにらんだ。

「学生が勉強にいそしむのは当然よ。机に向かわないのを誇りにする人は、怠け者の広告をしてるようなものだわ」

ごもっとも、と頭をさげるほかない。ぼくにとって、しげ子はスーパー以上の苦手である。

(こういうタイプが、奥さんになると、悪書追放運動や、低俗番組反対運動をはじめるんだろうな)

もじもじしていては、はじまらない。ぼくは事務的に質問を開始した。

「あの日、校庭になん時ごろ来たの」

「午後二時十五分ね」

うてばひびくだ。それをいうと、彼女はおもしろくもなさそうな顔で答えた。

「警察にしつこく聞かれたから、ぜんぶそらでおぼえちゃった」

受験勉強は、つまり記憶力養成だ。リンカーンが暗殺された日だの、ビスマルクが首相になった年をおぼえることを思えば、かるいものだろう。

「時間をたしかめたのは、きみの腕時計かい」

「そうよ。国産だけど、正確だわ。第一、校庭のあの場所なら、正面に時計が見えるじゃない」

たしかに、そうだ。校舎の一部にはめこまれた大時計と、にらめっこする位置に、しげ子は腰をすえていた。

「事故がおこったのは？　いや、こんないい方じゃまずいな。まず、窓がひらいたのは？」

「本を読みはじめて、五十分ばかりたったころね」

しげ子は、つねに必要にして十分なことしか話さず、行動しない。

いつぞやクラスのＨＲ《ホームルーム》で、スーパーが演説している最中、英和の辞書をくっていたことがあった。目ざとく発見したスーパーが、

「いまは英語の時間じゃないわ」

と抗議すると、

「そうね」

一言も弁解しようとせず、しげ子は辞書を閉じた。スーパーが視線をそらして熱弁をはじめると、また平然と辞書をひらいていた。あっぱれなものだ。彼女の志望校は、徳武《とくたけ》女子大である。一流中の一流をめざす身に、ＨＲなんて時間は、エネルギーの浪費にすぎないんだろう。


顔の色はぬけるように白く、唇は紅をひいたように赤い。古風な表現を使えば、人形みたいな美人だ。そのかわり、人形みたいに無表情で、人形みたいに着たきり雀だ。おしゃれもまた、エネルギーのむだ遣いと心得ているらしい。


ときおり、男のわれわれは嘆息する。

「あれで愛嬌があったらなあ……しげ子は最高なんだがなあ」

だがスーパーにいわせると、

「なにが楽しみで生きてるのかね。ああいうひとは、早死にするよ」

と、こうだ。

つけくわえるなら、彼女のニックネームはギプス。白色性顔面強度硬直症候群なんて、医学部志望のやつがつけた綽名もある。だが、だれひとり、面と向かって綽名でしげ子を呼ぶ者はなかった。

「スーパー」

「なんじゃらホイ」

「ポテト」

「アイアイサー」

なんてわけにはゆかないのだ。

その独特のポーカーフェイスが、ぼくのつぎの質問を待っている。声がかからねば、そのまま視線は机上のノートに移動しそうな気配だった。ぼくは、あわてて口をひらいた。

「窓をあけたのがだれか、見えたのかい」

「見えたわ。有原くんだった」

そのあと、柚木さんたちを押し出したかれは、窓から身を投げたらしいのだが、

「でも私は見ていないわ。有原くんと目を合わせるのがいやだから、木のかげへかくれたの」

「そうか」

ぼくは苦笑いした。

しげ子の有原くんぎらいは、クラスでも周知の事実なのだ。なんでも一年の夏休みに、プールで出くわして、手をつかまれたらしい。一部始終を見ていた洋子が、微に入り細にわたって報告してくれた。

「あのプレイボーイに手をにぎられてさ、眉も動かさないんだ。

『人ちがいでしょう』

とだけいって、あとも見ずにダイビングプールへとびこんだよ。有原もトサカへきただろうな」

ま、そんなあいだ柄なのである。

「かっきり三分たって、柚木さんの声が聞こえたわ。ふりかえると、かれが窓から首を出してた」

「かっきり三分? なぜわかる」

「ちょうどそのとき、数Ⅱの応用63を復習していたの。あの問題、式が多いから解きおわるのに三分かかるんです」

「なるほど」

ぼくは、感服した。こういう女の子を奥さんにもつと、帰宅のおくれた男はたいへんだ。

「オフィス入り口から駅の改札まで歩いて八分三十秒。待ち時間三分、乗車時間四十五分。バスにのりかえ七分。バス乗車十一分。バス停からうちの玄関まで正味六分三十秒。計八十一分。しかるに本日は、会社終業後、帰宅までに要した時間、計四時間三十七分。その時差を生じた理由を問う」

てな難問をもらって、四苦八苦するにちがいない。

「柚木さんの疑問にもかかわらず、きみは有原くんの飛び降りを否定した」

「だって、そんな気配もなかったから」

「しかし、きみは窓に背を向け、木のかげにはいった。軽食コーナーの跡地から、あの立ち木まで、直線距離にして二十メートルはある」

「有原くんは、猫でも曲芸師でもないでしょう」

珍しくしげ子がむきになった。白い膚《はだ》が赤らむのを見て、

(たしかに美人だ)

と、ぼくは納得した。

「音もたてず、ビニールの日よけもやぶらず、三階から飛び降りたというの？　ううん、そんなはずないわね。だって、有原くんの頭にはそのときできた傷……」

ふいに、しげ子の言葉が切れた。失語症にかかったみたいに、口をぱくぱくさせたあげく、ようやく話の糸をむすび合わせた。

「……があったんだもの」

興味ぶかい変化だった。

が、このときのぼくには、それがいったいなにを意味するのか見当がつかなかった。

「もうひとつ聞くけど」

ぼくは、彼女の表情を、注意ぶかく見守りながら質問を投げた。

「その日よけは、きみが校庭に来たときからずっと、ひろげたままだったんだろうか」

「え？　ええ」

しげ子の返答は、ひどくお座なりだった。

「そうだと思うわ」

なにかほかのことに、思考力をうばわれているせいだ。

いったいそれは、なんだろう。

問いかけたところで、すんなり答えてもらえそうもなかった。あきらめたぼくは、ポケットにしのばせておいた、小型テレコのスイッチを切って立ちあがった。最後のお愛想をいいながら。

「きみが古代史クラブに出ないんで、残念そうだったよ、柚木さん」

「柚木さん！」

そのとき彼女の発した声は、ほとんど悲鳴に近かった。たまげたぼくが、なにかいおうとするのを制して、しげ子はおさえた口調でつけ足した。

「そう……。よろしくいっといて」

もとの人形めいた無表情に返った彼女の額は、石膏《せっこう》よりも蒼《あお》白く見えた。

5

東急電鉄の中町駅に着いたのは、午後二時を回った時分だ。風紀係の教師みたいに、うっとうしくて頑固だった雲に、ほんのちょっぴり割れ目ができ、申しわけばかりのうす日がさした。

「ええっと、中町センターは」

ぼくは、その名の喫茶店を目でさがした。パチンコ屋みたいな名前だが、事実、一軒を喫茶店とパチンコ屋、半々のスペースに分けた店で、そこに洋子がまっている約束だ。

佐々部洋子、通称を大ちゃんという。「子連れ狼」の大五郎《だいごろう》を思わせる、妙ちきりんなヘアモードでわれわれをうならせたためもあるが、なにかといえば、「大好き！」だの、「大きらい！」だの、「大々的」だのと、形容がオーバーに走るからだ。

趣味はマンガ。趣味というより、いまや職業に近い。アニメーターを志望して、実際にいくつかのテレビアニメのプロダクションに出入りしながら仕上げだの彩色だのを手伝っている。知らない人のため注釈をつけると、アニメーターとはマンガ映画のもとになる、ひとコマひとコマの絵を描く商売だ。およそルーズでお天気屋の大ちゃんが、夜な夜な机に向かってそんなしんきくさい仕事をつづけるのかと思うと、ふしぎな気がする。まったく、好きでなけりゃできないことだ。

スーパーが紹介したように、オカルトも彼女の趣味のひとつだけれど、筋金入りのスーパーにくらべると、ブームにのって首をつっこんだとしか思われない。

いつか彼女にそれをいうと、しごく無邪気な笑顔で、

「ほんといえばさ、神秘も精霊もどうだっていいんだ。あたしの理想は、男ごころをとろかす魔女になりたいな。かっこいいでしょう」

と答えたから、男のぼくとしてはおそれいるほかなかった。

事実、マンガプロからの帰りなど、寛斎《かんさい》デザインのぎんぎんのセーターやらパンタロンやらを着てのし歩くので、しきりと狼にマークされる。いつか夜の道玄坂《どうげんざか》で出くわして、そのこえてるモードに辟易《へきえき》しながら立ち話をしていたとき、通りすがりの若いサラリーマン風の男ふたりが、

「よお。キマってるねえ。お茶でもどう」

と声をかけたら、彼女はいともあっさりＯＫした。

「いいよ、行こ」

すいとあいだへはいってふたりの手をとり、ぼくにはウインク一発残して、たちまち人

ごみに消えたことがある。

あくる日学校で首尾を聞くと、彼女はエヘヘと笑って、いった。

「スナックとバーを四軒回った。おしまいのディスコで、あいつら大々的にケンカはじめたから、帰ってきちゃった」

「へえ。きみそっちのけでケンカかい」

「ううん。どっちがその晩、あたしとラブホテルへ行くかでもめてさ」

けろりとした顔でそう答え、またエヘヘと笑った。どこまで冗談で、どこから本気かわからない。彼女が笑うと、唇の左右にしわができて、ひどくおとなっぽい表情になる。こんなのを、色気があるというんだろう。

「ポテトちゃん、おす」

ふいにぼくは、背をたたかれた。ふりかえると、当の洋子が笑っている。刺繡《ししゅう》のついたパンタロンに、タートルネックのセーターを着こんでいた。

「これ、高田賢三《たかだけんぞう》。このタートルをひっぱるとさ、フードにもなるんだ。中町センターなら、向こうよ。行こ」

なれなれしくぼくの腕をとる。そばのラーメン屋から出てきた、トラックの運転手らしい若者が、ぼくたちを見てヒュッと口笛を吹いたが、洋子は一切気にしない。

「約束の時間におくれたから、とんできたんだぜ。きみもおくれたんなら、いそぐことはなかった」

「まあね。クレージー・プロへ遊びに行ってたの」

クレージー・プロというのは、マンガとアニメのプロダクションでも大手に属する。いまはやりのロボットもの「超電人スパーク」をつくって、がっぽがっぽと儲けているところだ。

捜していた店は、細い路地をはいって、右側にあった。戦争直後にできたみたいな、古ぼけた木造建築だ。看板の文字も、「純喫茶」なんて書いてある。純喫茶がこんな店なら、不純喫茶はどんな店だろう。「不純異性交遊で補導され」うんぬんという新聞記事が出るたびに、ぼくは、

(では、純な交遊ってどんなこと)

と聞き返したくなる。たぶん、スーパーとぼくのようなつき合いが「純」で、大ちゃんとゆきずりの若者みたいなふれ合いが「不純」なんだろうな。

だからといって、ぼくは洋子という人間に、ずるい部分やきたない性質を感じたことがない。気にいった男と思えば、なんのためらいもなくアタックする彼女にくらべて、ぼくはどうだ。たとえスーパーに女としての魅力をおぼえても、申しわけみたいなキスから先へ、進もうとしない。

そんな勇気のない、自分に不誠実なぼくが、なぜ「純」なのだ。

純喫茶中町センターで飲んだオレンジジュースには、おどろいたことにアルコールがはいっていた。ぼくは壮絶にしゃっくりした。

「ヒック」

「なななんだい、これ」

かっかと頬がほてってきた。心臓からどの方向へ血が流れてゆくのか、手にとるようにわかる。どっくん、どっくん、こめかみが脈うっていた。

「スクリュー・ドライバーっていうの。オレンジジュースそっくりだけど、ほんとうはウオツカをベースにしたカクテルなんよ」

ぼくの前で、洋子が笑った。

「女の子を酔わせてモノにするのに、都合のいいカクテルだというんで、むかしは女ごろしと名づけたんだが」

と、マネージャーの山名《やまな》さんがいう。洋子に紹介されて知ったことだが、この人も西郊高の卒業生だった。めがねを光らせて、ちょっした二枚目である。

「今じゃ男ごろしだね……世の中変わった」

「ちょっといたずらっ気出して飲ませたら、もうこんな茹《ゆ》でダコなんだもん。だらしないな、名探偵……こら、金田一。明智。神津。牧薩次」

「ふわあい」

われながら、情けない返事だった。

「あんた、あたしに聞きこみにきたんでしょ。さっさと聞きなさいよ」

「ふわい……要点はだね……ヒック」

ぼくは必死になって頭をふった。

「有原くんの事件さ」

「ああ、もう！」

洋子は、牝牛みたいに吼《ほ》えた。

「ビデオテープにとっときゃよかった。なにもかも、お白洲《しらす》で申しあげたとおりよ」

「ま、そういわずにしゃべってやりな」

山名さんが、あごをさすった。

「あたしに聞くよか、柚木さんに聞いた方が、早いと思うな」

「あの人には、もう聞いてる」

「だったらしゃべることないわ。右におなじ」

「いや、ひとつだけたしかめたいことが、残ってるんだ。ヒック」

ぼくは、しゃっくりをしながらも、食いさがった。

「というと？」

「廊下へ押し出されたきみたちが、教室の戸をこわしてかけこんだ。そのとき、柚木さんは一直線に窓へとびついたというけれど、きみはどうした？」

「ははん」

洋子がうなずいた。

「有原くんが、窓から飛び降りたと見せて、実はへやのどこかに隠れてたんじゃないか
……そう考えてるんだね」

「うん……まあ」

洋子に先回りされて、ぼくはへどもどした。

「残念だけど、それはちがうな。有原くんは、教室にいなかったわ」

「なぜ断言できるの。オカルトの展示品でへやはいっぱいだ。かくれるつもりなら、いくらでも場所はあるじゃないか」

「その展示の、飾りつけをしたのはあたしよ。どことどこの空間に、人間がはいれるか、残らず知ってるわ。あたし、柚木さんが窓へかけよった間に、展示の隙間をのぞいてみた。有原くん、自殺がどうこういってたけど、ひょっとしたらお芝居じゃないかと思ったの」

「芝居？」

「そうよ。有原くんは、人をおちょくるのが大好きだったでしょ」

果然、われわれとおなじ考えを抱いた人間があらわれた。

聞きこみに感情をまじえてはいけないと、柚木さんのときも、しげ子のときも、つとめ

てブレーキをかけつづけたが、こんどばかりは地金を出した。

「そ、それで？　もし、有原くんの飛び降り自殺が狂言だとしたら――」

「落ち着きなさいよ、ポテト」

ぼくの手が、シュガーポットにひっかかって、テーブル一面に砂糖をふりまいてしまったのだ。

「――かれは、教室のどこかに、かくれていたにちがいないんだ！」

柚木さんたちの話を聞いたぼくの、それが結論であったのに、洋子はふたたびにべもなく断定した。

「影もかたちもなかったわ」

「しかし」

「教室を、ちらと見たというんじゃないのよ。かくれてやしないかと、ギワクの目を光らせてしらべたんよ。あのへやに次元の割れ目でもないかぎり、有原くんがいなかったことは、大々的に確実だわ」

ぼくは、がっかりした。

「さあわからない……ヒック」

肩を落とすと、またしゃっくりだ。

山名さんがもってきてくれたぬれタオルで、アルコールの回った頰をひやしながら、ぼくはもう一度現場の状況を検討しはじめた。

「もし、実際に有原くんが飛び降りたとすれば、わからないことがふたつある。あのうっぺらな、よれよれの日よけが、かれの体重を支えきれないことはたしかだ。いったいかれは、どうやって日よけを破らず着地したのか。飛び降りたあと、きみたちが窓からのぞく以前に、日よけをくり出したという考えは、成り立たない。柚木さんが指摘したように、日よけを動かそうとすれば、突拍子もない音をたてるから、きみたちにも聞こえたはずなんだ」

「そんな音は聞いてないわね」

洋子がうなずく。

「もうひとつ、証人である柏さんの問題がある。かりに有原くんが空中二段ひねりウルトラCで、ビニール幕をとびこえたとしても、彼女が気づかぬわけがない」

「しげ子は、有原くんと、徹底的にそりが合わなかったわ」

「そう……自殺が有原くんの狂言だったとして、そんな彼女がかれに協力するとは考えられない」

彼女が有原くんの名を口にしたときの、怒りとも憎しみともつかぬ表情を、ぼくは思い浮かべた。

「協力どころか、ほんとうはかれを殺した犯人かも」

「えっ」

洋子がすごいことをいい出した。

「あたしさぁ、教室の席がしげ子の斜めうしろじゃない。二、三日前見ちゃったのよ……授業中のしげ子の顔。おそろしい目つきで、有原くんの方をにらんでいたわ」

「へえ」

「あの目は、ただごとじゃなかった。ひょっとしたら、ゴーカンされたんとちがう?」

ぼくは、飲もうとした水にむせた。

「ほんとうか!」

「まさか」

大ちゃんが、顔じゅうを口にして笑い出した。

「有原くんならやりかねないけど、そんなことされて黙ってるギプスじゃないもんね」

「話はまだつづきそうかい」

山名さんが、カウンターの中から呼びかけた。

「いえ、もういいんです」

と、ぼくは答えた。なにか洋子に相談があるらしい。家の遠いスーパーやぼくはべつとして、中町センターをたまり場にしている同級生は、かなりの数にのぼる。このアジトを最初に開拓して、しかもマネージャーが先輩にあたることを発見したのが、洋子だった。

まめまめしく、新しい水を運んできた山名さんは、洋子のとなりに浅く腰をおろして、いった。

「例のクリスマス・パーティーの件さ」

「あ、あれ」

洋子がうす笑いした。

「似たようなプランのパーティーが、渋谷でパクられたね」

高校生の乱交パーティー挙げられる!

派手なあつかいで、新聞も週刊誌もいっせいにとりあげていた。

某女子高生ふたりが、小遣いかせぎのため、Mというスナックでパーティーをひらいたのだ。

近所の住人の通報をうけてパトカーが急行すると、二十人ばかりの高校生の男女が、酒の匂いと、タバコの煙につつまれて、抱き合っていた。

「警察沙汰になったら、めしの食いあげだからな。ことわりたいんだがね」

山名さんがおずおずという。

ぼくはびっくりした。話の様子だと、洋子の音頭取りで、中町センターを会場に、パーティーがひらかれるらしい。

「心配しなくても、見つかりゃしないわ」

と、洋子はこともなげにいう。

「夜っぴてロックだのソウルだの、ガンガン鳴らすからいいつけられるんよ。あたしはそんなことしやしない。ちゃんと営業時間のあいだにおさめるし、第一ここはとなりがパチンコ屋じゃないの。近所の人だって、やかましいことは、慣れてるわ」

「大ちゃんが、その……パーティーの、主催者かい」

「ええ、そうよ」

答えてから、エヘヘと笑った。

「ポテトもさそってやるからさ。先公たちには、内緒」

「じゃあ、パーティーの内容は……」

「酒あり、タバコあり。ははん、ポテトは乱交を期待してるの」

「ちがうよ、バカ」

ぼくは思わず赤くなった。

「悪いけど、そこまで面倒見られない。ポテトならスーパー連れてくりゃ、いいじゃんか。物価上昇の折しも、大出血大サービス。バーゲン価格。会費たったの千円よ」

「千円」

こいつは安いと、ぼくも感心した。

「なにをかくそう、スポンサーがついてるの」

「スポンサー?」

「うん……柚木さんの」

そのとき、山名さんが洋子に目くばせした。

「噂をすれば影だぜ」

ぼくたちは、フェニックスの鉢ごしに、入り口の自動ドアをふりかえった。

はいってきたのは、幼稚園くらいの女の子の手をひいた、山羊髭《ひげ》のおじいさんだった。

「いらっしゃいまし、ご隠居」

上得意とみえて、山名さんは滑稽《こっけい》なほどおじぎをくり返した。

「うん……ああ……どなたじゃったかの」

おじいさんが、しばらく口をもがもがさせてから、問い返す。

(あれっ。お得意さんじゃなかったのか)

ぼくは目をぱちくりしたが、山名さんは慣れた様子で、ていねいに答えた。

「この店のマネージャー、山名でございます」

「おう、山名さん。そうじゃった。うちの孝の同級生」

「いえ、四年先輩にあたります」

「うむ、その先輩じゃ」

老人は、もっともらしく、いくども首をふっている。

（柚木さんのおじいさんと、妹の麻美ちゃんだ）

どうやら素姓がのみこめると、こんどは、おかしくなってきた。

（ボケてるんだな……おじいさん）

「つまり、あの柚木雄六《ゆうろく》氏よ。パーティーのスポンサーは」

と、洋子がささやいた。

「いつかこの店で会ったらさ、ガゼン意気投合しちゃったの」

「へえ」

「近ごろの若いもんは、だらしがないって。わしの若いころは、十五で酒を飲み、十六で女を買ったもんだっていばってるのね。あたしもカチンときて、受験体制にしばりつけられたいまの高校生に、そんな時間があるかって、啖呵《たんか》きっちゃった。おじいさん、ボケーッとして聞いてたわ。なあに、酒だってセックスだって、あそんでるやつはいまでもゴマンといるんだけど」

ゴマン分の一である大ちゃんは、肩をすくめた。

「そんないきさつがあったから、あたしたちのパーティーに、応分の寄付をしてくれることになったのよ。お年よりの中にも、話のわかる人がいるもんね」

向こうのボックスで、山名さんになにか耳うちされていた柚木老人が、のびあがるようにして、こちらに叫んだ。

「しげ子さん！　来とるかい」

ぼくは、ふたたびたまげた。

「しげ子？」

「しようのないおじいさん」

洋子が苦笑いしている。

「なんべんあたしの名を教えても、おぼえてくれない」

「おうい、しげ子さんや」

老人が手招きした。

「はーい、スポンサーどの」

洋子はあたふたととんでいった。

それにしても、大ちゃんとギプスをとりちがえるなんて、あのおじいさん、かなり恍惚《こうこつ》度がすすんでいる。

（たぶん……）

柚木さんは、家に帰るとしげ子の名前を、しきりと口にするのだろう。といっても、会社が忙しい父親は相手になるまいし、小枝夫人に女の子の名をもち出せば結果は目に見えてるし――で、年のわりに話のわかるおじいさんをつかまえて、

「しげ子がね」

「しげ子を……」
「しげ子のさ」

とやらかしているのだろう。だからおじいさんは、女高生を見ると、だれでもしげ子呼ばわりするんだ。

麻美ちゃんが、退屈そうに通路で遊びはじめた。こっちを見たので笑いかけてやったら、べェーと舌を出したのには閉口した。

洋子はおとなふたりと、なにやら話しこんでいる。例のクリスマス・パーティーの件らしい。

ぼくはそろそろ、帰ることにした。

（帰って、これまでの収穫を、スーパーに話さなきゃ）

伝票の金額をテーブルに残して、ぼくはドアを押した。

路地の向こう側は、無愛想なコンクリートの塀だ。それが、藍《あい》色にかげっている。家に帰って、推理の糸をたぐるのが、ひどく億劫《おっくう》だった。

なぜかって？

きまってるじゃないか……

事件が、自殺を装った他殺だとすれば、犯人は、ぼくが話を聞いた三人のうちにいるからだ。三人をのぞいては、だれも、秀才の有原くんと自殺を結びつけようなんて、そんなとぼけたことを考えるはずがない。

理想的な仲間とはいえなかったが、有原くんは、一種尊敬すべき級友だった。その命をうばった犯人は、いくら憎んでも憎みきれるものではない。だが……

柚木さん。ギプス。大ちゃん。三人のそれぞれに、ぼくは懸命に憎むべき犯人像をダブらせようとした。うまくいかなかった。

路地を出しなに、ぼくは中町センターをふりかえった。パーティーの晩に、またここへ来るから、場所をおぼえておこうとしたのだ。

そのパーティーが、第二の殺人現場になろうとは、神ならぬ身のぼく、むろん知る由《よし》もなかった。

第二部　血と泥あびて死にました

キリコが書いた——II

1

なんていったらいいか、このう……
困っちゃうんだな、私としたことが。
原稿の出だしってやつが、こんなに頭を痛めるとは知らなんだ。
むかしはものを思わざりけり、である。
机に向かうと、四百もある原稿用紙の枡が、目を四角にして私をにらむ。
あーあ。
とんでもない注文を、うけちゃった……

やっとの思いで、第一部の冒頭をそこまで書いたとき、兄の克郎が帰ってきた。

「お邪魔してます」

私の悪戦苦闘ぶりを、にたにた笑ってながめていたポテトが、几帳面《きちようめん》に頭をさげたが、

「なに、毎度のことで」

兄貴はへんな挨拶を返しながら、図々しく私の原稿をのぞきこんだ。

「なにを書いてるんだ。宿題か」

「どういたしまして、小説」

「ショーセツ」

兄貴が奇声を発した。

「堂々、本格的推理小説」

「へーっ」

「ただし、完結するかどうか、うけあえないけどね」

「それにしても、おどろくべきことだ」

兄貴は、どすんと畳の上に大きな体をおろした。階下のマーケットへ、埃《ほこり》が落ちなければいいが。

「ポテトならまだしもだよ。お前が小説を書くたあ、おどろきだ」

安っぽくおどろく新聞記者だな。

「ご心配なく。当人の私の方が、よっぽどおどろいているんだから」

「信じられん。この分だと、第二次関東大震災は近いぞ。いったい、なにがきっかけだ」

よくぞ聞いてくださった。私は若干、居ずまいをただした。

「実はね。私たちが書いた小説を買うって人があらわれたの」

「なんだって」

「ほら、こないだ有原くんが学校で死んだじゃない。あれを素材に書いてほしいって」

「素人のお前たちにか」

「たとえ素人でも、被害者とおなじ学校生活を送っていた私たちが書けば、なまじっかな小説家にたのむより、リアリティが出るというのよ」

「ふうん……一種のドキュメントをねらってるんだな」

兄貴もいくらか納得したらしい。タバコに火をつけて、ぷかりと一服やりながら、

「映画の世界でも、玄人《くろうと》と素人《しろうと》の区別がつかなくなってるからな。だが、あの事件は、解決がついてないじゃないか」

ここしばらく、警察は鳴りをひそめていた。内偵をすすめているのだろうが、さっぱりそれらしい犯人像が浮かばないとみえる。

「現実にはついてなくても、小説だからどうにでも書けるわ。私たちね、新形式の書き方

を考えてるのよ」

「どんな」

「私とポテトで、かわるがわる事件を記述してゆくの」

「その方が、書く分量が半分ですむからか」

「それもあるけどさ。でも、客観的叙述のあとは推理の領分でしょ。ところがあの事件に関するかぎり、ポテトと私では、考えがちがうらしいんだ」

「ほう?」

兄貴の目が細くなったのは、タバコがうまかったためではないようだ。

「ふたりの探偵の推理、言い分をさ、対比させながら書く。読者は両方を読みくらべて、
興味をわかすでしょう」

「それでなくてもややこしい推理小説が、二倍混線するかもしれんぞ」

一応茶々を入れながら、兄貴は探りを入れてきた。

「だが、そんな話を書こうとするからには、お前ら、有原秀才少年謎の消失を、合理的に
解いたのか」

「まあね」

「ええ、まあ」

私たちはにやりとし、兄貴は躍起となった。

「で、犯人は」

「その点について、食いちがいがあるのよ……どっちにしても、確証はないし」

「なにかひとつ、大きな見落としがありそうで、自信がないんです」

と、ポテトもいった。

「犯人の指摘はべつとしてもだ。空中消滅の謎を解くだけで、十分記事になる」

とうとう兄貴は、本音を吐いた。

「おれにだけ、話せ。だれにもしゃべらん。な」

言うことがまるっきり矛盾している。

「そんなに知りたかったら、本が出たとき、イの一番に買ってね」

私が笑ったものだから、兄貴は頭へきた。

「だれが買うか。絶対に、立ち読みしてやる。第一、お前らに注文をした、とぼけた出版社てのは、どこのどいつだ！」

「田辺出版社というの」

「田辺……そんな会社が、あったかな」

「私たちのクラスメートの、お父上が経営してるのよ」

クラスメートの名は、田辺進一郎《しんいちろう》。通称をナベシンといって、ちょいとしたつっぱりのガリ勉である。

もっとも、つい半年前までそうじゃなかった。ポテトと探偵小説論をたたかわせ、洋子とマンガについて口角泡をとばす、なかなか話せるやつだった。なにより男前だったわ。

だからその日も、私はいつもとおなじ調子で映画をさそった。

「行こうよ、『タワーリング・インフェルノ』と『ジョーズ』の二本立て。待望のパニック・スペクタクル。合わせてなん人死ぬか、勘定しにいこう」

ことわっておくけど、ポテトというBFがありながら、ウワキを志したのではない。気の小さいポテトは、スクリーンに血しぶきがあがるような、この種の映画を毛ぎらいするのである。

しかも私は、洋子とコミで、ナベシンをさそったのだ。公明正大なもんだ。

ところがあっさり、ふられてしまった。

「悪いな。ぼく、大学へはいるまで映画をたったよ」

お茶だちなら聞いたことがあるが、映画を、それも人一倍マニアだったナベシンが、見ないと宣言するなんて。

私は、洋子をふりかえった。

ご本人は否定するが、洋子はナベシンが好きらしい。だから彼女なら、ナベシンのいまのことばが、冗談か本気か判断がつくだろうと思ったのだ。

すると洋子はうなずいた。

「映画だけじゃないんだって。テレビには風呂敷かぶせて、マンガは段ボールの箱にしまって、ステレオは配線を切ったそうよ」

「なんとまあ」

私はあきれた。

「受験の鬼になるというの？　裏切られたみたいだわ」

ブルータス、お前もかという心境だった。一瞬、ナベシンの顔をさみしそうな表情がよぎったが、すぐにかれは態勢を立てなおして、いった。

「きみたちは女だから、いいさ。ひとりっ子のぼくとしては、跡取りの義務に目ざめたよ」

「女も男もあるもんですか。そう、ご自由に。じゃ私は大ちゃんとふたりで、行ってくる」

けっきょく洋子も行かず、私ひとりが満員の映画館でもまれる羽目となった。

火事も地震もパニックだろうけど、私たち学生の身には、受験こそ最大の恐慌《パニック》である。その現実に目をふさいで、いやなことはあとへあとへ、可能なかぎり日延べしようとしている私たちは、ほめられたものではない。大震災を予感しながら、手をつかねている当局の方々と、似たりよったりでしょう。

だからといって、にわかにとなりの家が、震災にそなえて缶詰や乾パンを買いあさりはじめれば、いやーな気分になるのも、これまた当然ではありませんか。

宣言に忠実に、ナベシンの向学心はその後も消えることがなかった。有原くんの不慮の事故があっても、貧乏ゆるぎさえしない。

——実をいえば、あの事件のあと、クラスの勉強家……というより点取り虫どもだが、その連中にちょっと奇妙な反応が見られた。

〝秀才少年謎の自殺〟と、でかでかと書きたてた新聞を手に、かれらはへんに白けた顔で額をあつめた。

「あんなできるやつでもなあ。自殺するのかね」

「できるから、したのかもしれんぞ」

「どうして」

「六十点のやつが八十点になりゃ大喜びだろう。百点のやつが九十五点にさがってみろ。大悲劇じゃんか」

「頭がよすぎたんだよ。カラ回りしたんだよ。考えなくていいことまで、考えちまったんだよ」

「いくら成績がよくても、死んじまえばおしまいだなあ」

それがかれらの結論のようだった。もともと周囲の情勢に強制されて、蒸溜水みたいに味のない受験勉強と取り組んでいたのだから、有原くんの死は、恰好の逃口上《にげこうじょう》を与えてくれたにちがいない。

「ママは勉強しろと唾をとばすけどね。有原みたいにおれが自殺したら、元も子もないんだよ！」

しかし、ナベシンは、そんな手合いとはちがった。授業に食いつく姿勢も真摯《しんし》だった。きめられた課程をこなそうと、スピード第一の教師には憤然として質問の矢を射かける。なかには予備校の集中講義で補習をすませた優等生もいて、

「先生！　出発進行！」

なぞと弥次をあびせる。

するとナベシンは、

「ばかやろう。わかるまで教えるのが、先生の仕事だ」

と怒鳴り返す。

話せる遊び人が、話せない勉強家に変身したことはたしかだが、ナベシンの人間まで変わったわけではない。あくまで陽性に、授業とテストにアタックしていくさまは、さすがナベシンだった。

それにしても、かれの変身の理由はなんだったのだろう。のちにナベシンの父——田辺充氏に会うまで、いくら推理をめぐらせても、見当がつかなかった。

「思い出した！」

突然兄貴が手をうったので、私はわれに返った。

「思い出すのはいいけど、タバコの灰を畳に落とさないでね」

「わかってる。うむ、田辺出版社ならわかってる」

と、兄貴はタバコを灰皿にねじこみながら、

「社長は立志伝中の人という、アレだろう」

ナベシンの話だと、父上は高等小学校卒業後、世田谷の印刷所へ住みこみで働き、若くして独立、印刷工場をひらいたそうだ。戦後の混乱期にひと山あてて、いまでは小さいながらも堅実な出版社として名を売っている。そればかりか、社長自身も文筆に手を染め、「不完全犯罪」という探偵小説を、自分の会社から出した。ナベシンが探偵小説のファンになったのも、多分に父の影響があるらしい。

ポテトが中町図書館へ行ったとき、柚木さんが手にとっていた本の作者が、つまりナベシンの父上なのだ。

「出版社はわかった。あそこの社長は、名うての推理小説研究家だからな、秀才消失事件をとりあげたのもわかるが、お前らに白羽の矢を立てたのは、どういうわけだ?」

兄貴が、追いすがった。

「単に息子の同級生だからってことか」

「それだけじゃないわ」

私は答えた。珍しく、真面目に。

「田辺氏と私たち、意見が一致したためよ……いまの受験戦争についてね」

2

それは、私がポテトにくっついて、柚木さんの家を訪ねた日のできごとだった。

用件というのは、例の、ポテトが大ちゃんから聞いてきたクリスマス・パーティーだ。

「ギプスをさそったらさ、柚木さんが出席するなら行く、なんていうの。ポテト悪いけど、柚木さん勧誘してよ」

大ちゃんにたのまれて、お人よしのポテトはあっさりひきうけたが、よく考えてみると一浪中の柚木さんは、この数ヵ月が正念場だ。あのうるさい小枝夫人が、伜《せがれ》をそんなあやしげなパーティーに出すだろうか。自信をなくしたポテトは、私に援軍をたのみにきた。

「もし、柚木さんのお母さんがぼくの顔おぼえてたら、それこそヤバイんだ」

いうまでもなく、ポルノ立ち読みの前科があるせいだ。

「家へ押しかけなくたって、図書館を張ればいいでしょう」

「この二、三日、風邪でダウンしてるらしい。ぼくよりは、女のきみの方が柚木夫人も気を許すだろうし。たのむ、スーパー」

ポテトは、拝み倒しの一手だった。

「どうかと思うね。きみも私も、西郊高では、その……有名な存在だからね。パーティーのセールスマンとしては、不適当だな」

まさか自分のことを、札つきというわけにもゆかないじゃない。

なんのかのいいながらも、そこは義理人情にあつい私だから、おとついの土曜日、花の週末をつぶして柚木家をおとずれたのだ。

世田谷の中心地にありながら、勿体《もったい》ないほどゆったりした敷地に、五階建てのアパートがある。さすがは一流中の一流商社の社宅であった。ただ建てられたのが古く、ひところはやった星形の高層住宅でエレベーターがない。準肥満児のポテトはてきめんに息を切らせたが、口だけは威勢がよかった。

「いい運動になったね。屋上まであがりたいくらいだ……ふう」

中央の階段室をかこんで、三方向にドアがあった。そのひとつ、クリーム色のドアに「柚木」のネームプレートがある。

私はブザーのボタンを押そうとした。

そのとたん、塩辛声がスチールドアごしにとどろいた。

「帰れ！　さっさと帰れ！」

一瞬、私たちのことかと思って、あやうく逃げ出すところだった。

だが、ちがった。

ドアが、乱暴に中からひらいて、押し出されるようにひとりの紳士があとずさりしてきた。

「断じて小枝は、きさまのような者にやることはできん」

玄関のたたきに、裸足で降りた老人が、ふといステッキを、紳士の胸につきつけていた。むかしの文士がよく使った、ヤナギ科の植物アッシュの枝だ。にぎりが直角に折れて、節くれだっている。ステッキとしては一流だが、木刀のかわりに使うものではない。私たちはぽかんとしてふたりの顔を交互にながめた。

「あのおじいさんは、柚木雄六氏だ」

と、ポテトがささやいた。

「そうらしいわね。それで、こっちの……」

人間はなに者かとは、ご本人の背を目の前にしていいにくいから、そっと指さして、あとはゴニョゴニョとやらかした。

「さあ」

ポテトが首をふる。

老人の剣幕を見ると、押し売りみたいだが、それにしては服装がよすぎた。腕にかけたコートはバーバリーの上等だし、きちんと着こなした背広も英国製の布地みたいだ。靴だって、バーゲンじゃないね、これは。イタリア製の高級品ではあるまいか。

品のいい髭を鼻の下にたくわえた紳士は、困りきった様子だった。

「お忘れですか、柚木さん。ふた月ほど前にお邪魔した、わたくし田辺ですが」

「わかっとるわい」

老人の声は、剣道で鍛えぬかれている。

「田辺の小倅《こせがれ》の、充だろうが！」

あっと、私たちは口の中で叫び合い、顔を見合わせた。

(田辺充)

(あの、探偵小説を書いて、出版した……ナベシンの父上だわ)

そういわれれば、横顔の鼻梁《びりよう》の形に見おぼえがあった。

「弱りましたな」

という田辺氏の表情は、しんそこ弱りきっているように見えた。

「先月おもちした補聴器のぐあいをうかがいに来た、それだけです」

「許さん！」

雄六氏の叫びは、奇妙に飛躍している。

「中学も行かなんだやつに、小枝をくれてやれるか。絶対に許さん。帰れ！」

小枝といったら、柚木さんのママだ。このおじいさん、なにをひとりでりきんでいるのだろう。そう考えて、ようやく思いあたった。

（ボケてるんだわ！）

たとえ頭はボケても、剣道の腕はボケていない。老人の一喝にもかかわらず、まだもじもじしている田辺氏が、よほど腹立たしいものと映ったのだろう。

「きえーっ！」

劇画に出てきそうな、裂帛《れっぱく》の気合だった。

くすんだ焦茶の杖が、電光のようにくり出されて、あわや田辺氏ののど笛をつらぬこうとした。

「あぶないっ」

私は夢中で、田辺氏を突きとばした。

同時に、傘立にあったこうもり傘をひっこぬく。「？」形に曲がった柄の方で、杖の力にさからわぬよう、やんわり受けとめながらひょいとひねると、アッシュはあっさり老人の手から離れた。

からんとたたきに落ちた杖には見向きもせず、老人は茫然とした面持ちで私の顔に目をすえた。

「あんたは？」

それには答えず、私はぱちぱちと手をたたいた。

「すばらしいわ、おじいさま」

「な……なんじゃと」

「年はとっても、腕に年をとらないって、ほんとうなんですね」

剣をほめられたと知って、老人の目がやわらいだ。

「いまの諸手《もろて》突きは双角流《そうかくりゅう》と見ましたけど」

「むう。そのとおりじゃ。あんたも、若いがよう使いなさる」

私の後ろでは、田辺氏が呆気にとられるばかりだ。

玄関の活劇が奥にまでひびいたのだろう。パジャマにガウン姿の柚木さんが飛び出してきた。

「きみたち……あ、田辺さん！」

田辺氏が苦笑いしながら、もう一度玄関の中へはいってきた。

「お母さんは、お留守らしいね」

「ええ。麻美の幼稚園に行ったものですから……あの」

柚木さんは、田辺氏と、苦虫をかみつぶしたような顔のおじいさんを、等分に見ていった。

「また、なにかやりましたか」

「いや、たいしたことじゃない。このお嬢さんのおかげで助かったよ」

「どうも、すみません。奥で、うとうとしてたもんですから。どうぞ田辺さん……きみたちも」

「いえ、ぼくらはここで失札します」

病気のところを邪魔しては悪いし、できることなら小枝夫人が帰るまでにひきあげたい。ポテトはそう考えたのだろう。ポケットから、パーティーの趣旨をプリントした紙と、名刺型のパーティー券を出して、柚木さんに押しつけた。

「なんだい、これ」

「クリスマス・パーティーの案内……柚木さんが来てくれれば、ギプスじゃない、柏くんも来るんです」

「知っちょる、知っちょる」

だしぬけにおじいさんが大声を出したものだから、小心なポテトは、へっぴり腰になった。

「中町センターじゃろ。孝、行ってやんなさい。若者は若者らしく、英気を養わにゃいかん。うじうじしとっては、思う大学にもはいれんぞ」

(そうか)

というように、ポテトが頭をかいて、私を見た。

(おじいさんは、パーティーの寄付をしてくれたっけ)

「では田辺さん……どうぞ」

柚木さんが、田辺氏を招き入れようとすると、

「私もここで失礼しましょう」

首をふってから、老人の耳に視線をうつした。

「お役に立っているようですからな」

田辺氏がいうのは、補聴器のことだった。ふつう町で見かけるものより、いくらか大ぶりなイヤホンとコードだった。本体は、和服の老人の胸元にかくれていた。

「ええ、おかげさまで、たいへんぐあいがいいようです。母も、さすがドイツ製だって」

「雑音とか、よけいな音ははいりませんか」

「さあ。本人はなにもいっていませんから」

「そりゃよかった」

問答のあいだ、老人はそっぽを向いている。自分とはまるで関係のない話を、聞いているみたいだった。

玄関があけっぱなしのせいか、柚木さんがみじかく咳《せ》きこんだ。

「こりゃいかん。お大事に」

と田辺氏がいい、私たちも、

「早く治ってね」

そそくさと挨拶して、柚木家を辞することにした。そんなつもりはなかったが、当然の

めぐり合わせとして、五階から一階までの長い階段をナベシンの父上といっしょに降りることとなった。

「どうやら、あんたたちの名がわかった」

最初に、話の口火を切ったのは、田辺氏の方だ。

「可能さんに、牧くんだね」

「あたりました」

私が笑った。

「スーパーに、ポテトともいう」

「ナベシンから聞いたんでしょ。どうせろくなこと、しゃべってないだろうな」

「文武両道の達人といってたよ。腕前のほど、たしかに見せてもらった……ありがとう」

かるくではあっても、はるか年上の紳士に頭をさげられて、照れくさかった。

「いいんです。だけどあのおじいさん、おかしなことといってましたね」

「小枝は嫁にやらんと、怒鳴ったことかい」

田辺氏は、コンクリートの壁にしばらく靴音をひびかせてから、いった。

「二十年前、私はあの人に、おなじことをいわれたんだ」

「え」

「その時分、私はまだ町工場に毛がはえた程度の印刷所をやっていて……柚木雄六氏はおなじ町内に大きな邸《やしき》を構えておられた」

思い出をかみしめるような口ぶりだった。

「小枝さんは、新制になったばかりの高女を卒業して、女子大にすすんでいた。そのころでは女性が四年制の大学へ行くのは、珍しい部類だったね……大学も、むろん入試でふるい落とされる者は多かったが、偏差値もなければ、受験戦争という言葉もない、のんびりした時代だったよ」

「それでおじいさん、柚木さんに、気安くあんなことをいったんですね」

と、ポテトがいう。

「ああ……英気を養うといったことか」

田辺氏は笑った。

「二十年前もいまも、雄六氏には、おなじように見えるらしいね。たしかに、あの時代はそうだったろう。青春の息吹きを満喫しながら、余力で入試にそなえることができた」

「うらやましいな」

ポテトが声をあげ、私はくすくすと笑った。

「うらやましがらなくても、きみだって満喫してるわ」

「ぼくなんざ、青春の息吹きというより、青春の溜息さ。はじめからドロップアウト覚悟で、エリートコースを捨ててるんだ」

「進一郎を見ると、きみたちの置かれた境遇のきびしさが、よくわかる」

同情にみちた田辺氏の声音だった。

「右を向いても左を向いても、ねじり鉢巻の連中だからな。どう割り引きして考えたって、中学浪人や幼稚園の予備校まであらわれるのは、健全な社会といえん。一流大学にはいろうとすれば、一流の予備校をめざさねばならん。その予備校の予備校ができて……これはきみ、マンガじゃないか」

「ふしぎだわ」

と、私は率直な感想を述べた。

「そんな考えをもってらっしゃるおじさんの息子なのに、どうしてナベシン、ガリ勉に転向したんでしょう」

田辺氏の面に、ほろ苦いものが浮かんだ。

「私のことを、孝くん……小枝さんの子どもに、聞いたからだそうだよ」

「おじさんのこと」

「進学できなかったばかりに、失恋した私のことをさ」

「そんな！」

私は口をとがらせた。

「ナンセンス。学校を出ようと出まいと、おじさんはりっぱな会社をつくって……柚木さんにはわるいけど、いまじゃかれの家より、デラックスに暮らしてらっしゃるわ」

「そう思うかね。うむ……きみたちから見れば、そうかもしれないが」

田辺氏がことばをつづけようとしたとき、階段がおわった。私たちは、社宅をかこむ緑地に立っていた。目の前のプレイロットで、幼児が数人、きゃっきゃとあかるい声をたててかけ回っている。冬らしくないあたたかな日ざしが、惜しげもなく降りそそいで、それはだれの目をも和ませる風景であった。

——と、そのときまで、私は心からそう信じていたのだ。ところが田辺氏は、黙って遊び場の隅に立っている掲示板を指した。

「社宅関係者以外の人は、立ち入らないでください」

とある掲示を。

私は、社会科で習った「租界」ということばを思い出した。一流会社であればこそできる、社宅の中の小遊園。そのまわりには、目に見えぬ柵がめぐらせてあった。中卒、高卒、駅弁大学卒といった有《う》象《ぞう》無《む》象《ぞう》には、決してのりこえることのできない柵。

田辺氏は、私たちを、近所の小ぎれいな喫茶店にさそった。席につき、オーダーをすませると、やおら口をひらいた。

「失礼は承知で、柚木さんを例にひかせてもらう。さっきの孝くん、かれのお父さんだがね。きみらも知ってるかもしれないが、一流大学を出ていらっしゃる。あいにく、つとめた会社が不調だったので、いまの役職は、必ずしも柚木さんにとって満足とはいえないだろう。それにもかかわらず、世田谷の一等地で、のんびりと暮らしてゆくことができるんだ」

「だって、おじさんは」

私がなにかいおうとするのを、田辺氏は手をあげて制止した。

「むろん、私だってこの近くに人並みの家を構えている。だがそれも、私が元気に、働いていればこそだ。かりに私が脳溢血《のういっけつ》で倒れてごらん……私の信用だけで回転している会社の運営はたちまちストップし、進一郎にも大学進学をあきらめさせることになる。あいつは、中小企業の経営がどんなにサーカスじみた芸当をしているか、楽屋裏を見て、よく知っているんだ。だから、あいつはいう。

『お父さんみたいに、死ぬまで苦労しつづけるなんて、つまらない。一流大学にはいって、一流会社へ就職して、あとはのんびりやってゆくよ』

『世の中をあまく見ちゃいかん』

と、私は叱ったさ。

『一流会社が、そんなにのんびりさせるものか』

『なあに、社長になろう、重役になろう、そんな野望をおこさなきゃいいんだ。出世さえする気がなきゃ、適当に働いて適当に遊んで、ちゃんとサラリーがもらえるさ。病気になれば保険があるし、休みをとれば厚生施設があるし、怠けず励まず、シコシコ一生すごすため、いまのうちにいい学校へはいらなくては』……」

私は絶句した。

そうか、ナベシン。きみはそんなことを考えていたのか。父上の轍《てつ》をふむまいと、映画を捨てマンガをあきらめ友人にそっぽを向き、現実べったりに生きようとしたのか。

責めまい、笑うまい。私だって、ナベシンの立場だったら、父親に代わって世の中にかみついてやるために、夜を日についで東大一直線になったかもしれない。

考えこんでしまったわれわれを見て、田辺氏は話題を変えた。

「ときに、どうです。あんたら、小説を書いてみては？」

3

「ははあ、そういういきさつがあったのか」

兄貴は二度、三度うなずいた。指にはさんでいたタバコの灰が、長くなったのもそっちのけで、

「三流大学出身者としては、身につまされたぜ。ナベシンくん、受験戦争の被害者になる

くらいなら、加害者になろうてえ意気ごみなんだな。おっとっと、あちい！」

灰を左手の甲へ落として、兄貴は悲鳴をあげた。

「お前さんの美点は、どんなくそまじめな話をしても、ユーモラスになっちゃうところだね」

からかってやると、こわい顔をした。

「そのお前さんは、よせというんだ」

「あい、兄上さま」

「いいたかねえけど、お前みてえな女を恋人にもつ男の顔が見てえな」

ポテトは知らんふりで、いった。

「田辺氏は、柚木さんのお母さんを、よっぽど好きだったんだなあ」

兄貴は得心できないふうだった。

「柚木夫人てのは、あんたに目くじらたてたばあさんだろう。そんなボテボテに惚れるなんて、田辺氏も先が見えないね」

「あら、女子大生のころは、きっと美人だったのよ。先が見えなかったのは彼女の方だわ。正直いって、しまったと思ってるんじゃない？　自分のご主人より、田辺氏の方がずっとたのもしく働いているんだから」

ポテトが同感のことばを吐いた。

「うん……柚木家へ顔を出すのにも、西ドイツ製の高い補聴器を手みやげにしたりするんじゃ、おばさんくやしいだろうね」

すると克郎兄貴が、めったに見せない分別顔でいった。

「そうでもないぜ、お若いの」

「なによ」

「インテリ奥さんとしては、ほかにどんなとりえがあっても、高小卒の旦那は願いさげだ……たとえばだよ。道を歩く、大学時代の友人にばったり出くわす。

『アーラご無沙汰』

『ちょっとそこらでお茶でものみません？』

てなこといいつつ、鋭い視線が相手の服やらアクセサリーやらバッグやらを、さーっと舐めて走らせて、さて喫茶店に落ち着くと、

『ご主人どちらへおつとめ？ まあ、さいざんすの。じゃどちらの大学を？ まあ、さいざんすの！』

と、こういうおしゃべりになることうけあい。そのときあんた、いえるかね。

『うちの主人は、大学どころか中学も出ておりませんの』」

「ばかばかしい！」

私は、本気で腹をたてた。

「私なら、ほんとうに愛情があるのなら、相手がどこの馬の骨だってかまやしない」

「ごもっとも」

兄貴はにやにやするばかりだ。

「みんながあれほど頑張って、三当四落だなんて、兎みたいに目を赤くして、やっとの思いではいる大学が、つまりは飼い殺しになるため、見栄っぱりのため？」

「……ま、あんたもあと五、六年して、世間さまの風にあたると、わかってくるよ。日本を支える学歴偏重社会てえバケモンがな。ナンセンスだが、おっかない……だからバケモンだというのさ。どっこいしょと」

三流大学卒の三流サラリーマンは、大儀そうに立ちあがった。三流レストランでばかりお昼をすませるので、栄養が不足しているのだ。三流月販店で買った三流のズボンがしわだらけになって、タテに三本の筋が流れていた。

その後ろ姿を見送るうちに、私は、ふいに兄貴がたまらなくいじらしくなった。そうだ、兄さんはもう親の脛《すね》をかじってはいないのだ。私たちみたいに無責任に、世の中を斜めに見ていられる立場ではないんだ。与えられた条件の中で、汗水たらして稼いでいる兄貴が、思わずもらした愚痴《ぐち》を、なんで私が笑えよう。

兄貴の姿に、ナベシンがダブった。

あまりにあっさり、勉学の鬼という「仮面」ライダーに変身したかれ。仮面の下では、さぞ歯を食いしばっているんだろうな……あれは、つかこうへいのことばだったかしら。「いまの若者は、小学生のころから、よりよき中年となるための準備をする」といったのは。

そんなばかなことをさせるのは、だれだ！

私はポテトをふり向いて、なんの関連もなくいった。

「クリスマス・パーティー、行こうね。せめて私たちだけでも、受験なんか忘れてさ、パーッとさわごうよ、パーッと」

まさかそのパーティーが、第二の殺人現場になろうとは、神ならぬ身の名探偵可能キリコ、知る由もなかった。

4

あくる日、私は学校で、洋子からパーティー券を買った。

「スーパーなら、当然来ると思ったわ」

洋子はご機嫌だ。ギプスとちがって、私と彼女は相性がよろしい。

「ほかならぬオカルト研究クラブの同輩が、主催者だもの」

「そういえば、あたし、ここんとこ大々的にさぼってる。悪いな」

ちっとも悪そうな顔をせずに、大ちゃんはエヘヘと笑うのだ。

「あんたも気が多い人だから」

この調子では、いまにパチンコのクラブやマージャンクラブもつくりかねない。進学校にくらべれば、はるかにオトナの生徒がいるから比較しにくいが、公立職業高校の統計をあげよう。パチンコの経験者は六五・二パーセント。マージャン屋にはいったことのある者一三・二パーセント。飲酒となると、これはもう七三・九パーセントだ。

「売れゆきはどう」

「案外のびてるわ……さすがに同友をめざす優等生たちは、難攻不落だけど」

同友志望といえば、死んだ有原くんもそうだし、いままたナベシンも戦列にくわわったはずだ。

私がそれをいうと、洋子はてきめんに顔をくもらせた。

「大々的にモーションをかけたんだけどね……かれもダラクしちゃったわ」

勉強を堕落ときめつけられては、ナベシンだって立つ瀬がないだろう。

「がまんしてあげなさいよ。あれは世をしのぶかりの姿」

「そうお？　スーパーもそう思う？」

なんだ、だらしがない。ちょっとかれをほめると、もう大ちゃんは頰の筋をゆるめている。

自分ではかくしているつもりだろうが、私たちにはミエミエだ。肩に埃《ほこり》がついたの、上着のボタンがとれたのと、やたらナベシンの世話女房ぶりを発揮する。ポテトの報告によればむらがる狼を手玉にとる犬ちゃんと、どこでどうつながっているのかな。そんな彼女を、ナベシンの方もまんざらでない様子だったから、はたから見ると、なかなか愉快なカップルでありました。思うに犬ちゃんは、自分で考えているより精神的に子どもで、あべこべにナベシンはおとなだったから、微妙なところでふたりのバランスがとれていたのだろう。

パーティーの当日、空は厚い雲におおわれていた。予報は、おそくなって雨または雪を報じていた。キルティングのハーフコートをとおして、師走《しわす》の冷気が五体にしみる。

私はポテトをさそって、会場に出かけた。

「ナベシン、どうしたかな」

ポテトがぽつんという。

「さあ……お父上からすすめてもらおうかと思ったんだけど、やめたわ」

「うっかり田辺氏に声をかけると、ヤバイよね」

じかに連絡をとれば、当然原稿の進みぐあいを聞かれるからだ。白状すると、ただいま開店休業の状態だった。捜査に進展が見られないので、書きにくくてしかたがない。

あたりは急速に、日暮れてきた。灰色に沈んだ路地へ曲がる。角は、中町センターの片割れであるパチンコ屋だ。表通りと路地にあけられた二個所の出入り口から、チンジャラの音があふれて、私たちを景気づけてくれた。

「ここだよ」

前に来たことのあるポテトが、奥の喫茶店へ、私をみちびいた。

金文字で店名を書きこんだガラス戸は、厚手のカーテンで裏打ちされ、「本日都合により八時から営業」と札がさがっている。パーティーは、四時半から七時半までの予定だった。

私たちは、ガラス戸をノックした。

カーテンが細くあいて、山名マネージャーらしいめがねの顔。その前に、私とポテトはパーティー券をつき出した。名刺にガリ版で「YYパーティー」と、装飾文字が刷りこんである。ひとつのYは洋子、もうひとつは山名の、それぞれ頭文字だ。ワイ雑のワイかと思った人は、ポルノに毒されているのだよ。

カチッと鍵の回る音がして、ガラス戸があいた。

「いらっしゃい」

職業的な慣れた口調を聞けば、やはりこののっぺりした人が、山名さんらしい。

「スーパー、ポテト、おす」

奥からあらわれた洋子を見て、私たちはたまげた。

「なによ、その恰好！」

「エヘヘ。野戦看護婦」

白衣に赤十字の印がついた帽子をかぶって、洋子はしなをつくった。

「せっかくのクリスマス・パーティーじゃん。なにか趣向はないかと考えてさ、クレージー・プロへ相談に行ったの」

「マンガの会社へ？」

「ああいうとこは、遊び人が多いの。去年の忘年会で仮装大会やって、虎のぬいぐるみのまま町へ出たもんだから、さわぎになったことがあるわ」

「あ、そのときの衣裳を借りたのか」

「そうよ。ふたりとも、どうぞ。更衣室をこちらに作りました」

更衣室、なんてものではなかった。衝立《ついたて》とカーテンでやっと人目を避けられる程度のコーナーである。だが、ここでひきさがってはスーパーの名にかかわる。つまらないところで意気ごんだ私は、壁にいくつかかけられた衣裳の中から、銀色のカクテルドレスをえらんで着替えた。照明をしぼった店の奥から、思わず体をゆすりたくなるようなリズムが、たえまなしにひびいてくる。ジュークボックスらしい。

小さな姿見に映った自分を見て、私はため息をついた。

(これじゃ場末のキャバレーだよ)

そんなとこ、私は行ったことがないけど、へべれけになって帰った兄貴のポケットから、けばけばしいデザインのマッチを発見することなぞしょっちゅうだ。

「まだ?」

ポテトが衝立のかげで催促している。めんどうになった私は、更衣室をかれにゆずって、

(さあこい)

とばかり、パーティー会場へはいっていった。むっと鼻に衝くのは、タバコの匂いだ。テーブルを壁際にあつめて、中央につくったスペースをフロアに、いく組かの男女が踊っている。

(みなさんおそろいだわ)

顔だけはたしかに見おぼえのある、西郊高の仲間たちだったが、首から下は大ちがいだ。高倉健みたいな着流しがいる。カルメンみたいなスパニッシュスタイルがいる。がきデカもいれば、怪人二十面相もいた。白い線のはいった丸い帽子に、マントをひっかけているのは、伊豆の踊子ふう旧制高校生の柚木さんだった。

肩をたたかれてふり向くと、そこにナベシンが立っていた。

「まあ! よく来たわね」

かれは、照れくさそうに、わざと大仰なポーズをして見せた。

「似合うかい」

あやしげなカーキ色のコートを羽織って、星のついた軍帽をかぶっている。

「そのウンチ色は、ヘイタイさんのつもりなの」

「国防色というんだとさ」

コートの前をはだけると、いかめしい金ボタンに、襟章がついていた。

「純正ミリタリールック。大日本帝国陸軍少尉、田辺進一郎であります」

大ちゃんに借用したのか、ブーツの踵《かかと》を合わせたが、ズボンの緑色はいただけない。

「まあ、がまんしてくれ。上着だってこのぼろいこと。襟章がかたっぽちぎれかかってるだろう。サーベルもないし、まるで終戦で連合軍に武器をとりあげられた少尉だね」

ナベシンが笑った。なんだか、ひさしぶりにかれの笑顔を見たような気がした。私はあらためて嘆声を発した。

「よく来たものねえ、同友志望のきみが」

「おなじことを、なんべんもいうなよ。同友組なら、みんな連れてきた」

「えっ」

私は、もう一度びっくりした。

「ほら、あそこでマトンがチャップリンになってる。その左のテーブルに、ベーブのトラック野郎がいる」

「へえ、ほんとだ！」

マトンというのは、羊みたいにおしとやかな男の子。ベーブは、かのホームラン王そっくりの童顔の巨漢。それぞれの綽名《あだな》とは縁もゆかりもない仮装を遠目にとらえただけで、私はもう、腹がよじれるほど笑った。

「まぐそはルンペンで、オッパイは青田赤道《あおたあかみち》だ」

「もう、やめて。笑い死にする！」

加藤佐藤は犬のくそという。あまりにありふれているからだ。これが、ルンペンに扮した男生徒みたいに、加藤太郎とあっては——もはや馬のくそでしかない。オッパイの綽名がついた理由は、本人を見れば一目瞭然。男のくせにやけにバストがあって、一時はブラジャーをしているというデマさえ飛んだ。

「洋子にさそわれて、おれ、一度はことわったんだけど、同友志望のメンバー全員で行こうってことになったのさ」

「なるほどね。みんなで行けば、うらみっこなしだわね」

食うか食われるかの戦士たちは、だれしも神経質になっている。たとえ三十分でも、自分が遊んでいるうちに、あいつだけは勉強して、おれを追いぬくんじゃないか——その恐怖が、受験生をかりたてて点取りマシンにさせるのだ。

「よかった……きみたちが機械じゃないことがわかって」

つい本音を吐くと、ナベシンはひどくシニカルな笑いを浮かべた。

「なかなか機械になりきれなくて、サイボーグというところだ。ポテトは、どうした」

「ここだよ」

のそのそと、警官の制服を着たポテトが近づいた。あいかわらずやることがスローテンポである。

「なんとなくだらしのないおまわりさんだわ。赤塚《あかつか》マンガの、日本一タマを使うおまわりみたい」

「ちえっ。侮辱すると公務執行妨害罪で逮捕するぞ。それにしてもナベシン、よく来たねえ」

またもやいわれて、ナベシンはくさった。

「来ちゃ悪いのかよ。おれより珍しいのが、あそこにいるぜ」

指さした先に、ギプスがいた。

ぽつんと、喧騒《けんそう》から離れたボックスに座っている。彼女だけは仮装もせず、やぼったい西郊高の制服のままだ。

「いつ来たの、しげ子」

「ついさっきだ。踊ろうとも、飲もうともしない。なんのために来たんだろう」

私たちは、柚木さんを目でさぐったが、一高生はフロアの中央で、ロックにしびれている最中だった。

「柏さん。こっちへこいよ」

しげ子の方へ行こうとしたナベシンが、急に足をもつれさせた。

「おっとっと」

あわててその腕をつかむと、意外なほど体が重い。ナベシンは、私に腕をとられたまま、大きなしゃっくりをした。とたんに、アルコールの匂いが、ぷうんと私の鼻をくすぐる。すでにだいぶ回っているようだ。

「すまん……ゆうべほとんど寝てないんで、酔うのが早いや」

徹夜で机に向かったのか。そうでもしなくては、パーティーへ来る時間がひねり出せなかったんだね、ナベシン。

「むりしないで。しばらくそのへんでお休みなさい」

「ああ」

ナベシンは、素直だった。うなずいたつもりか、張り子の虎のように、首ががくがくと揺れた。

私とポテトは、かれを両側から支えて、壁際へ連れていった。そのときジュークボックスの曲がかわり、踊りをやめた柚木さんがテーブル席へもどろうとした。

「スーパー」

ポテトがささやき、私は、

（わかってる）

というように目くばせした。

柚木さんが、感電したように立ちすくんだ。はじめて、しげ子の存在に気づいたのだ。しげ子がなにかいい、柚木さんはおずおずとした動きで、彼女の前に腰をおろした。

（約束どおりギプスは柚木さんに会いに来たんだわ）

そういえば、あの事件以来柚木さんは、まったく学校へ姿を見せていない。たまりかねたしげ子が、柚木さんに愛の告白をしようと、お門ちがいのパーティーへ足を運んだ？

いや、それにしてはふたりの表情がかたすぎた。絶叫するソウルにかくれて、会話を聞くこともできない。

「唇を読めるかい」

ポテトが、また顔をよせてくる。

「暗くってね。でも、なんとかやってみるわ」

私は読唇術の心得がある。悪条件の下で、きれぎれに判読できた言葉を、自分の口にのせてポテトに伝えた。

「『まさかきみ』これは柚木さんよ。『どうしてそんなことを、考えたんだ』柚木さんの問いに、しげ子は答えようとしないわ。あ、しゃべった！『もしかしたら……知ってるのかと思って』『知る？　ぼくが？　なんの話だ』」

　ポテトが催促した。

「ギプス、どう答えた」

「せかさないでよ。まだ彼女は返事をしていないわ。あら！」

　私たちはびくんとした。だしぬけに、しげ子が席を立ったのだ。唇を読まれているのに気づいたか——と思ったが、そうではない。呆気にとられる柚木さんを残して、彼女は一直線にドアへとびつき、鍵を外して路地へ消えた。

　ドアのすぐとなりにいた、山名さんが止める間もないできごとだった。

「なんです先輩」

「ギプスを怒らせたの？」

　近くにいた二、三の生徒に声をかけられても、柚木さん自身よくのみこめない様子だった。

「泣かせちゃって、だめだよ柚木さん」

　という声も聞こえたが、私にはしげ子が泣いているようには見えなかった。たしかに彼女は、手で顔を押さえていたが、目ではなく口をおおっていた。まるで嘔吐《おうと》をこらえるように——酒のせいではない。ギプスは飲んでいなかった。

「彼女どうした。トイレ？」

フロアからもどってきた洋子が、大声でいう。

「わかったかな。出てすぐ右どなりなんだけど」

いくら古ぼけた喫茶店でもトイレくらいある。ただしパチンコ店と共用だったので、非合法パーティーの今日は、パチンコ店側から錠をおろしていた。路地にのみやがひしめいていたころの遺物として、共同便所が隣接しているので、不便というほどのこともない。

「げふっ……参ったなあ」

前かがみになったナベシンが、奥からあらわれた。こっちは正真正銘の酒だ。

「田辺くんもトイレ？　ついてったげるわ」

と、洋子。私たちとしゃべるときとは、ことばの調子までちがうから、憎らしい。

「いい、いい」

手をふったナベシンは、たよりない足どりで路地へ出ていった。すぐ、ごめんともいわずにはいってきた人間がいる。

「盛況じゃな」

やせているが、剣道で鍛えた体をぴんとのばした、それは柚木老人であった。

5

「これはどうも……ご老体がこんなところへ」

押しかけてくると思わなかったらしく、山名さんは大あわてだ。あきれたことに老人は、麻美ちゃんの手をひいている。

「いま出ていったのは、だれじゃ。おう、田辺の倅か……どこを受けようというのかな。ふむ、同友じゃと、生意気に」

例のアッシュの杖を手に、いいたいことをいうじいさんだ。どうもてなしていいのか、みんながまごついているうちに、老人はのこのこと奥へはいっていった。

「ほう、やっとるの」

声をかけられたカップルが、とびあがった。

「わしがあんたらの年ごろには、一斗樽《いっとだる》もあけた、芸者も買った。大いに浩然《こうぜん》の気を養いなさい」

という老人の足もとで、麻美ちゃんが目をくるくるさせている。いつの間にかロックの音も途切れていた。

「帰ってくれよ!」

柚木さんが飛び出してきた。

「今日は若い者のパーティーなんだ。場ちがいだよ」

「なにをいうとる。日本は若者だけの国ではない。今日《こんにち》の国家興隆の気運は、わしらが基礎を築いたんじゃ!」

波長の合わないこと、おびただしい。柚木さんと山名さんは、懸命に言葉をつくして、やっとご老体におひきとりねがうことに成功した。

「麻美、帰るぞ」

孫娘をひょいと片手で抱きあげて出てゆく柚木雄六氏の後ろ姿は、半恍惚の老人と思われぬほど堂々たるものだ。

「ふう」

山名さんが、ハンケチをとり出し、神経質にめがねを拭いた。

「お年よりの相手はしんどいよ……いけねえ!」

足元に落ちためがねが、はねかえった。どうやら、レンズをやられたらしい。

「あーあ。ついてない」

体をこごめて、めがねを拾った山名さんは、もう一方の手でおもちゃのパトカーを拾いあげた。

「なんだい、これ」

「あ！　麻美の忘れものだ」

柚木さんは、おもちゃをもって、飛び出そうとした。

「きみ、仮装のままで……」

いいかける山名さんをふり向いて、

「これさえぬげば、いいんです」

外したマントをまるめ、帽子といっしょにかかえこんだ柚木さんは、ばたばたと駈け去った。

カウンターの中で、おつまみを皿に盛っていた洋子が、不安げに、私にささやいた。

「田辺くん、まだ帰らない？」

「そんなに気になるなら、のぞいておいでよ。共同トイレ」

私が笑うと、洋子は、てきめんに顔を赤くした。

「関係ないわ！」

虚勢を張って、わざと店の奥へはいってしまう。私はポテトの耳に、口をつけた。

「大ちゃんあたりが、真っ先に乱交をとなえるかと思ったけど、あれじゃだめだね」

「みんな、口ほどにもなく健全ムードさ」

ポテトもいった。

あらためて店内を見回すと、そこここに抱き合っているカップルだって、ただ体を寄せ合うだけで十分酔ったような表情である。

「ほんとうにナンパしてる連中は、大勢であつまらなくても、酒の勢いを借りなくても、やりたいことをやってるんでしょうね」

そのあいだも、フロアでは、いく組もの男女が踊りくるっている。おとなから見れば挑発的なポーズだが、踊ってる当人たちは、リズムとアクションの快感にしびれてるだけらしい。

「この程度じゃ、十月十日のちに、日本の人口がなん人かふえる……ってことには、なりそうもないわ」

笑いながら顔をねじると、びっくりするほど間近にポテトの顔があった。

「いやん」

おでこのニキビが視界にひろがって、私の唇は、生あたたかいものでふさがれた。早くいえば、おそくいってもおなじだけど、ポテトの唇だ。

かれと私のベーゼは、はじめてじゃない。一年ほど前、牛若丸のような早わざで唇をうばわれて以来、二度半の経験がある。半というのは、私のへやで唇を合わせる寸前に兄貴がはいってきたので、未遂におわったケースだ。

「ぶっ殺したる」

と私は叫んだが、当の兄貴のあわてぶりといったら、なおひどかった。

「これはどうも、そのままそのまま……ごゆっくり」

わけのわからんことを口走って、階段を降りようとしたら、どたどたと足をふみ外し、あくる日会社を欠勤した。

残る二度のキスも、冗談まじりのさっぱりしたものだった。

「もし見たいんなら、三千円お出しよ」

といったが、兄貴は首をふって、

「あんなお茶漬みてえなラブシーンが、金になるかい」

ま、そんなとこだった。接吻《せっぷん》と文字にするのもおこがましい、唇と唇の遭遇戦でしかなかった。

だが今日は、少しばかり勝手がちがった。深海のような照明と、耳の底をゆする音楽があった。唇を合わせている時間が、とほうもなく長いように感じられ、おしまいには、時間そのものが、どこかへ消し飛んでしまった。

アルコールではない、べつのものに私は酔っていた。背に回ったポテトの掌がアイロンのように熱く、力強かった。ぎこちないポーズで抱きすくめられながら、私はひどく胸苦しくなっていた。

「離して」

力いっぱいポテトの体を押しのけると、乏しい明かりの下で、私たちはしばらくのあいだはあはあと息をはずませていた。

私の目の片すみに、ドアがひらいて、破れ衣の戦士ご帰還の図がうつった。山名さんがなにかいいかけるのに耳もかさず、更衣室のカーテンにかくれる。

「ナベシンだわ」

「え」

と、ポテトがふり向いた。

「まだ気分悪いみたい。ナベシンたらよっぽど飲み方がへたなのね」

「スーパーみたいに豪快にはゆかないよ」

なんとなくほっとした私たちは、おかしくもないのに声をたてて笑った。

「強引すぎたかい」

「かみついてやろうかと思った」

私たちがいつもの調子にもどったとき、路地の入り口の方角で、ピーポピーポとパトカーのサイレンが鳴りひびいた。

（警察だ）

（手入れ？）

さすがの私も、心臓がのどのあたりまでとびあがった。

名探偵コンビ、パクられる！

そんなことになっては、たまらない。

「落ち着け」

山名さんが叫び、ジュークボックスの音楽がはたとやんだ。更衣室と店の奥を仕切っていたカーテンに洋子がとびつくと、一気に反対側の壁までひく。これでたとえ入り口から中をのぞかれても、見えるのはカーテンだけだ。

すべては、あらかじめ打ち合わせた手順で運ばれた。へやの灯《ひ》は残らず消され、三十人あまりの若者たちはねずみのように息を殺した。

「様子を見てくる」

カーテンごしに山名さんの声が聞こえて、ドアがひらいた気配だった。町のノイズが遠慮がちに流れこんできた。

がたんと、どこかで椅子が鳴り、

「ヒック」

途方もないボリュームでしゃっくりをしたやつがいる。

くすくすと女の子の笑い声が湧き、

「しっ」

という制止の声が、それにつづいた。

みじかいような、長いような時間がたった。腕時計のセコンドがへんに耳にうるさく、それでいてカーテンごしの町の騒音も、容赦なく流れこんでくる。

気がつくと、ポテトの手が私の手をにぎっていた。一瞬、私の耳から町のノイズが遠のいて、間近にはげしい息遣いを聞いた。目の前のカーテンに、唇を寄せ合うポテトと私の姿が浮かんだ。

(中学から高校、そしてたぶん大学もいっしょ……兄貴が予想しているように、このまま私たち結ばれてしまうのかしら)

結ばれるなんて語感の古さをきらう私だったのに、今日の場合は、いやにぴったりときた。

(それもいいわね。どうせ私たちにはエリートコースなんて、縁がないし……おれもお前も枯れすすき)

ポテトの手に力がくわわったので、私は一目散に空想の世界からかけもどった。かるい足どりが、近づいてきた。

(山名さんだわ)

私たちは、見えるはずもない闇の中で、顔を見合わせ、ほっと吐息をつき合った。

その瞬間だ、山名さんの形容しがたい絶叫を聞いたのは。

「うわあっ……」

カーテンをやぶらんばかりに、私は飛び出して行った。

私のあとに洋子、その後ろにポテトがつづいた。入り口のドアはあけはなたれ、短冊型の空間に、表で立ちすくんでいる山名さんの体がはめこまれていた。山名さんは、ドアのかげにあるなにかを見下ろして、口をぽかりとあけはなっている。

勢いあまった私は、山名さんにぶつかりかけて、やっとドアにつかまった。はずみで、「本日都合により」のプラスチックの札が、かわいた音をたてて落ち、大きくはずんだ。

ドアを出てすぐ右、中町センターと共同トイレのあいだに、いくつかポリバケツが並んでいる。バケツと壁にはさまれた下水溝は、ところどころコンクリートの蓋《ふた》が欠け落ちて、すえたような匂いをはなっていた。その上に、仰向けとなって倒れているのは、ナベシンだった。

まとったカーキ色のコートが大きくはだけ、ちぎれかかった襟章と金ボタンが、こまかな水滴をうけて光っていた。胸のあたりに、汚物がこびりついている。いったん店にもどったものの、また気分が悪くなって、山名さんにつづいて路地へ出たのだろうか。それとも、だれかにさそい出されて？

ナベシンは——田辺くんは、完全にこときれていた。蠟人形のように白くこわばった指が虚空《こくう》をつかんで、目はかっとむきだされたまま、もうなにものも見てはいなかった。

薩次が書いた――Ⅱ

1

ナベシンが死んだ。

しばらくのあいだ、ぼくの頭の中を黒い渦がぐるぐると回っているだけで、その死はなんの意味ももたなかった。

ついさっき、

「来ちゃ悪いのかよ」

ほろ苦い笑いで抗弁したあいつ。

悪酔いしてトイレへかけこみ、もどってきても更衣室でへたばっていたナベシン。

それがこうもあっさり、命のない物体になるなんて。

「田辺くん！」

ヒステリックな声があがった……大ちゃんだ。看護婦の服装のまま、彼女はナベシンにとびつこうとした。

「いけない」

とっさにスーパーが抱きとめる。その腕の中で、洋子はもがいた。

「なぜとめるのよ！」

「ごらんなさい、ナベシンの頭を……」

スーパーは、おどろくほどの冷静さで指摘した。

「なにかで強く打たれたんだわ。血はそれほど出てないけど、あれが致命傷よ」

前額部にひらいた傷からひろがった血で、顔半分が赤鬼のように見えた。

「他殺であるかぎり、現場保存が鉄則なの」

いいきるスーパーを見て、ぼくはほんのわずか、いやな気分になったことを、告白する。

（殺されたのは、ついさっきまで口をきいていた級友じゃないか。つめたすぎる！）

だがそれは、ぼくの思いちがいだった。

「犯人をつかまえるために、かれにさわってはいけないのよ、大ちゃん……つらいでしょうけど」

白い布がおどって、ナベシンの顔にかかった。スーパーのハンケチだった。その動きよりも、スーパーの頬をつたう涙を見て、ぼくははっとした。

（ごめん。あやまる）

一瞬でも、スーパーをつめたいやつ、と思ったことを後悔した。

そのころになって、やっと、霧のような雨が降りしきっているのがわかった。カーキ色のナベシンのコートが、見る見るうちにぬれていく。ふと、ぼくは妙なことに気がついた。

(ナベシンのまわりと、ほかの場所と、ぬれ方がちがっている)

死体は、ポリバケツと壁のあいだに仰臥《ぎょうが》している。その付近だけ、いま急速にくろずんでゆくのだ。光源といえば路地側にひらいたパチンコ店の入り口から洩れる光だけなので、正確なことはわからない。たしかめようとする間もなく、下水溝の蓋は、すでに雨にぬれつくして、路地のほかの部分と区別がつかなくなっていた。

(いくら現場保存といわれたって、雨じゃ不可抗力だ)

背後にだれかがかけよってきた。ふり向くと、柚木さんだった。あいかわらず、マントを小脇にかかえたまま、いまにもとび出しそうな目で、ナベシンの死体を見つめている。なにかいおうとして、唇をふるわせたが、声にならない。のどぼとけが上下するのが見えたきりだ。

「い……いつ」

たったそれだけの言葉をしぼりだすのに、おそろしく長い時間がかかった。

「ほんの、五分くらい前だと思う」

「そうか……ぼくが、じいさんにつきあって、パチンコ屋へはいってたあいだだな」

やっと落ち着きをとりもどしたのか、柚木さんは、ぼくと山名さんのあいだをすりぬけて、前へ出た。ナベシンの死に顔をよく見ようと思ったのだろう。ぼくの体にひっかかって、マントが落ちた。

「柚木さん、はい」

拾ってやったが、まるめてあったマントの内側まで、水滴でびっしょりだ。まるで、ナベシンの死を悼む涙のようだった。

2

それからぼくたちは、手分けして、各方面へ連絡をとった。

山名さんは、

「パーティーがばれたら、営業停止だ」

としぶったけど、事件が事件である。

とうてい隠しおおせるものでもないし、第一なにより必要なのは、ナベシン殺しの犯人をつかまえることだ。

「退学になってもいい。あたし、警察に知らせてくる」

泣きながらいう洋子の言葉に、反対する者はだれもいなかった。幸か不幸か、パーティー会場は殺人の現場ではない。

「酒とタバコのあとだけ、ごまかしましょう」

というスーパーの提案が、迅速に実行され、警察がかけつけてきたときには、いたって清潔明朗な店内となっていた。もっとも、ナベシンが着ている軍服をぬがすわけにゆかないから、仮装だけは、パーティーの趣向として行われたことにしてある。

警官の制服をぬぎすてたぼくは、とりあえず路地を出て、正面の公衆電話にかけこんだ。店内の赤電話は、山名さんが一一〇番したり、みんなが家へ連絡をつけるので、押し合いへし合いだったためだ。

手帳をひらくと、いちばん後ろにナベシンの電話番号がのっている。つい二週間前お父さんに会ったとき、メモしたものだ。

(あのときは、まだナベシン、ぴんぴんしてたのに)

そう考えると、ダイヤルを回す指がふるえた。耳の底で発信音をとらえながら、

(おじさんに、なんと話そう)

下腹のあたりに、鉛がつめこまれたような気分だった。

(いっそ、留守だといい)

だが、ガチャリという音がして、聞きおぼえのある声がした。

「はい、田辺です」

張りのある、おじさんらしい声だ。

「ぼく……」

鉛がのどまでよじのぼって、ぼくは声をふさがれた。

「あ？　だれだね」

「牧です」

やっと、それだけ答えることができた。

「牧くん。ああ、ポテトか」

電話の中の声が笑った。

「まさか、原稿がもう完成したというんじゃあるまいね」

「あのう」

ぼくはもう、べそをかきそうだった。

「進一郎くんが、死んだんです」

「なに！」

ひゅっ、というような音がした。おどろきのあまり、田辺氏ののどが鳴ったのだ。

「進一郎が死んだ？」

「はい」

おろおろと、ぼくは事件のあらましを伝えた。電話の向こうに、沼のような沈黙があった。ややあって、かすかに、しゃくりあげる声が伝わってきた。

(あの落ち着いた田辺氏が泣いている)

そう思うと、ぼくは胸が苦しくなり、もっている受話器が二倍にも三倍にも重くなった。

肩を落として店にもどると、初動捜査の刑事や、つづいてかけつけた鑑識の人たちで、火事場のようなさわぎだった。とうにナベシンの遺体は運び去られたが、路地の入り口には縄が張りめぐらされ、事件に関係のない者は、一歩も通さぬ構えである。

煌々《こうこう》たる明かりの下、だれがだれやらわからないが、獲物をねらう猛獣の目つきで、現場をねめ回しているのが捜査一課の猛者《もさ》たちだろう。所轄の中町署員から、事件の被害者が、ついこのあいだ奇妙な墜死をとげた高校生のクラスメートであることを聞かされて、いちように緊張した面持ちだ。

事情聴取は、カウンターの裏にある小べやで行われた。ふだんは閉店がおくれたときの山名さんの宿泊に使われる、お世辞にもきれいとはいえない四畳半だ。

当然のことながら、質問の矢おもてに立たされたのは山名さん。それから洋子だった。

だが洋子は、全面的に警察に協力したという。

「生きてる私には、いつか楽しいときがめぐってくるけど、死んだ田辺くんは、それっきりだもん。かわいそうじゃない……せめて私は、私にできるだけのことをしなくては!」

同感だった。

もうあいつとは、二度と探偵小説論をたたかわすことができないのだ。ばかなナベシン！

どうせ殺されるくらいなら、なぜ死ぬまで、小説にマンガにのめりつづけなかった？いっぺんでもきみは、洋子を抱いたか。彼女の愛情にこたえてやったことがあるのか。ガラにもなく勉強家ぶりやがって。どうせ長つづきしやしない、よせといったのに。その点取り虫のポーズが、こんなかたちでおわろうとは、思いもよらなかった！

犯人がにくい。

なぜ殺したんだ、よりによってナベシンを。

事情聴取の番を待つあいだ、ぼくはそのことばかりを、心の中でくりかえしていた。網膜に焼きついたナベシンの死にざまは、反復するにしたがって、いっそう鮮烈な画像となって定着した。

そしてぼくは、気がついたのだ。西郊高校校歌の第二番。そこにはなんと歌われていたか。

破れし衣に銃をとり、血と泥あびて戦わん！

まさしくナベシンは、帝国軍人のコスチュームをまとい、血と泥にまみれて死んでいた……

(見立て殺人?)

ぼくは戦慄《せんりつ》した。

有原くんの死が第一番に、ナベシンの死が第二番に、あまりにもあざやかに符合する。

(だが断定はできない)

ぼくは唇を嚙んだ。

(偶然ということが、ある……有原くんの場合、自殺の演技を効果づけるために、わざと校歌になぞらえたことばを口走ったのかもしれない。ふたりの死と校歌を結びつけることによって、犯人になんの利益があるというのか。偶然だ、おそろしい偶然……そう考えた方が、より自然なんだ)

3

「タイムマシン」の昼下がり、けだるいほどに暖房がきいて、つい今し方もボーン……ボーン……眠くなるような音で、古めかしい柱時計が、二時を報じたばかりである。まだ片づけられていないクリスマス・ツリーが、昼間っからチカチカと豆灯を点滅しているのが滑稽だった。

外は師走。年の暮れのあわただしさが、町を占領しているけれど、克郎さんをふくめたわれわれ三人のボックスは、水銀のような重く淀んだ空気に包まれていた。

「お前らふたりがそろっていながら、ナベシンを殺させるなんて」

克郎さんのことばまで、ぼくらの胸に重くひびいた。

「一言もないわ」

スーパーがいい、ぼくはうなだれた。接吻の余韻に目も耳もしびれさせて、いったいぼくは、ナベシンの死の瞬間、なにを考えていたのだ？

今日、田辺家の葬儀に参加して、ぼくたちはうちひしがれていた。

「私はね。くやしいの。腹が立つの。犯人に対してじゃないわ、自分に対して」

スーパーの顔は蒼ざめている。

「田辺のおじさんの顔を、まともに見られなかったわ。なんてことでしょう！　可能キリコともあろう者が、カーテンひとつへだてたばかりに目をふさがれて、ナベシンが殺されても、バカみたいに息をひそめていたなんて」

聞きようによっては、大変なうぬぼれの言葉だ。だがぼくは笑う気になれなかった。

（そうとも。田辺さんのあの憔悴《しようすい》ぶり！　一度に十も年をとったみたいだ）

「ナベシンは、ひとり息子だったんだな」

「おまけにお母さんは三年前に亡くなってるの。おじさんにとっては、天にも地にも、たったひとりの身寄りだったのよ。ああ、あのとき私が、ちょっぴりでもカーテンをめくって、外の様子をうかがっていたら」

「気持ちはわかるがな、キリコ」

克郎さんのグローブみたいな手が、スーパーの肩にかかった。

「過ぎたことをくよくよするより、お前たちにはやるべき仕事があるんじゃないか」

「……うん。そうだね」

スーパーが、こっくりうなずいた。

「私たちの力で、犯人をつきとめなくてはね」

「そうこなくちゃ！」

克郎さんのどら声におどろいて、アベックがこっちを見た。

「そのために、おれたちはここへ集まったんだ。さて、どこからとりかかる？」

有原くんの事件とちがって、こんどはスーパーとぼくも当事者だ。だから、あの晩おこったできごとは、ぼくたちだけで、ほぼ再構成できるのだ。気をとり直したスーパーが、口をひらいた。

「まず、人の出入りを整理してみるわね。いい？　敬称略ではじめるわよ。
1、柚木孝と押し問答ののち、柏しげ子が飛び出してゆく。
2、田辺進一郎、悪酔いして店を出てゆく。

3、柚木老人、孫の麻美を伴ってあらわれる。

それから……」

「ちょいと待った」

克郎さんが、異議を唱えた。

「殺人は、パトカーの音におびえて、お前らがカーテンのかげにかくれたあいだに起きたんだ。そんな前からしらべることもないだろう」

「ないかあるか、やってみなけりゃわからないもん。急がば回れ」

「せっかちの妹だと思っていたが、認識をあらためたね。まあいいや、まかせる」

「ではお言葉にあまえまして……

4、柚木老人、麻美とともに去る。

5、ふたりを追って、柚木孝出てゆく。

6、田辺進一郎、店に帰る。ただし更衣室へ直行」

「ナベシンは、そこでなにをしてたんだ」

兄さんがたずねた。

「パーティー会場の方からは暗くてよく見えなかったけど、酔ってのびてたみたいね」

「だらしのねえやつだな。まあいいや、おつぎ」

「7、パトカーのサイレンを聞いて、山名飛び出す。

これ以後、私たちはまっ暗闇に置かれて、なにもわからなくなるの」

「ふん。だが、音は聞こえたんだろう、音は」

「聞こえたわ。山名さん、よっぽどあわてたとみえてドアをあけっぱなしにしたらしいの。だからずうっと町のノイズが流れてた」

「話し声は」

「一切なし。ただ……そうね」

スーパーは、天井を見上げて一心に思い出そうとした。

「どこかで椅子が鳴ったわ……それから、だれかがしゃっくりして、女の子が笑って、『しっ』と叱る声があって……それっきり」

「ふうん。ポテト」

克郎さんが、ぼくの方に体をねじった。

「はい」

「お前さんたちが、見ざる言わざるをやってたあいだ、表はどんなふうだった。山名ってマネージャーに、聞いたんだろ」

「聞きました」

あくる日ぼくは、山名さんのところへとんで行って、最初の事件とおなじように聞きこみをしたのだ。

警察にしぼられ、つかれきった顔で、山名さんはこんな話をしてくれた。

ひでえもんさ。

あのパトカーの音ってのが、まるっきりインチキでね。なんだと思う？　おもちゃなんだよ、おもちゃ！

ほら、柚木くんが妹に届けにいったあれだ……あきれるじゃないか、ほんものそっくりにピーポピーポとがなりたてて、てっぺんのライトがくるくる回るんだ。

そうとは知らないから、表通りへ飛び出したおれ、右を見て左を見てうろうろしてたら、出しぬけにお尻のへんでピーポときた。

ぶったまげたおれがふりかえると、麻美ちゃんだったな、あの女の子が、けろっとした顔で立ってやがる。

いやはや。

近ごろのおもちゃってのは、ばかにならないね。ほんもののクッキーがつくれるレンジだの、ほんとうにハンケチが洗える洗濯機だの。いまに、ほんもののお札ができる印刷機、なんてのを売り出すかもしれないぜ。

あたふたしたところを見られて、少々きまり悪くなったおれ、

「おじいちゃんたちは、どうしたの」

なんて猫なで声出したんだ。

ちょうどそこは、パチンコの中町センター正面入り口だった。

「ここ」

麻美ちゃんは、その入り口を指さした。

へえ、あのじいさん、剣道もやるがパチンコもやるのか。

そう思ってのぞきこんだら、じいさんと柚木くんが、奥からのこのこあらわれた。柚木くんはマントを抱えていたが、じいさんは杖だけだ。どうやら景品をとりそこねたらしい。

「もう道草食っちゃいけないよ。まっすぐ家に帰ってくれ」

「お前の指図はうけんわい」

じいさんと孫がやり合ってる。

「小枝はなんといったか知らんが、わしゃ一向にボケとりゃせん。目も耳も、お前らに負けん」

ご老体は大いばりだが、耳にあてがってるのは、補聴器じゃないのかね。年はあらそえませんや、おじいさん。

「駅前の横断歩道まで、送ってやんなよ」

いいすてて、ひき返そうとしたおれは、おやと思った。斜め向かいのスナックのレジで、勘定を払っている女高生。横顔に見おぼえがあるんだ。柏とかいったな、柚木くんの恋人。

な？　あんたもちょっとおどろいたろ。

かれとも〈めて〉よ、さっさと店を飛び出した彼女が、なんだってこんなところをうろついているのか。

気になったんで、おれ、店へはいる間際にもういっぺんふり返った。すると彼女は、柚木くんたちの去った方へ、すたすたと歩いて行った。

（ははん。よりをもどしに行ったのかな）

そんなことを考えながら、半びらきのドアをくぐろうとして、

（あれっ）

下水溝に気がついたんだ。

だれか、のびてやがる。

いわないこっちゃない、飲みすぎるからだ。こんなところを、パトロールのおまわりにでも見つかったらどうする。

ポリバケツのかげになって、顔が見えない。おまけにおれは、めがねをこわしていたから、しゃがみこんでしげしげとのぞいた。あとはあんたたちがお聞きのとおりだ。なんともしまらねえ悲鳴をあげちまったね。

4

「ふたつみっつ、質問したいな」

克郎さんがジャーナリストらしい早口でいった。

「はあ」

「その路地の奥は、どうなってる」

「鉤《かぎ》の手になって、飲食店街がつづいていたけど、二月前とりこわされたの……あとに八階建てのビルを建てる計画だったのが、日照権の問題で宙に浮いてるんだって」

と、スーパーはあいかわらずの情報通だ。

「それにしても、通りぬけがきくんだな」

「あ、その点についてはですね。偶然、おなじ時間帯でマンホール工事をやっていたというんです。三人の作業員が口をそろえて、人っ子ひとり通らなかった……」

「ほう。では表通りの方は」

「路地の見通しは利かないんですが、いつもパチンコ屋の前に店を出してる易者さんが、証言したそうです……柏さん、柚木老人、麻美ちゃん、山名さんといった関係者以外、路地を出た者はない。ちょうどそのころから、霧雨になったんで、よくおぼえてるそうです」

いずれも山名さんの縄張りだから、聞きこみのついでにメモしておいたのだ。

「うん、うん、その見通しだがな。表通りをぶらついてた人間が、なんかのはずみで路地をのぞいたとするぜ。ホトケさんに……」

といいかけて、克郎さんはいそいでいいかえた。

「ナベシンに気がついただろうか」

「むりでしょうね。あの晩は、喫茶店の看板は消してあったし、たったひとつ立ってた外灯も、電灯が切れてました」

「明かりといえば、パチンコ屋の入り口だけでしょ。墓場みたいに暗かったわ。とても表から見えやしない」

「以上を整理すると、容疑者はいたって狭くしぼられたことになるな」

克郎さんがにたりとする。

「路地の奥をぬけた者はない。路地の入り口は、関係者しか出入りしなかった。とくりゃお前……」

「ちょっと」

とスーパーがインディアンの挨拶みたいな手つきで、止めた。

「まだそのパチンコ店があるわ。表通りと路地に向かって開いているんだから、あの中をぬけるつもりなら、易者の目にふれないでしょ」

「そこにぬかりはねえさ……サツ回りの友達から、仕入れたばかりの情報だがね。当夜のパチンコ店の客を虱《しらみ》つぶしに洗ったが、ナベシンくんとつながりのある者は、皆無ということだ。むろん、柚木のじいさんをのぞいてだがね」

「路地側の入り口をだれが通ったか、目撃者はないのかしら」

「そんな重宝なやつがいりゃ、警察だって苦労しねえさ。だいたいパチンコ屋の客なんてのは、てめえの台の釘しか見ちゃいねえからな……さて」

こほん、と克郎さんが咳ばらいした。

「おれの考えによると、ポイントは、店の中にいたナベシンが、だれに、いかなる方法によって、店の外へおびき出されたか。この点を考究するにある」

「なるほどね。つづけて」

「幸いドアは半びらきになっていた。二日酔いのナベシンといえども、山名某が飛び出していったあと、外の様子が気になって、そっとドアのあいだから首を出す。こりゃあ大いにありうることだな」

「それで？」

「待ってましたとばかり、ドアのかげから腕がのびる。閉める。ひきずり出す。どうだ、犯人がだれかわかっただろう」

「山名さんてこと？」

「それ以外に、考えられんじゃないか」

「たしかに、いまの条件のままではね……ギプスは表通りのスナックだし、柚木さんとおじいさんはパチンコ屋だし。山名さんなら、パトカーの音におどろいたふりをしてナベシンをさそい出すことが可能ね」

「そうだろう」

と、そっくり返った兄さんには悪いが、ぼくはあえて口をはさんだ。

「そうすると、おかしいな……山名さんは、なんだってわざわざ、自分だけがあやしいという状況の下で、ナベシンを殺したんでしょうか」

「人殺しの心理までわかるかい」

兄さんは天衣無縫なことをいう。

「どうせ頭に血がのぼってたんだ。常人のおれには想像もつかんね」

「動機はなあに」

スーパーが、からかい顔になった。

「なんでもいいや。恋のさやあてなんてどうだい。佐々部洋子ってのなかなか色っぽいらしいが」

「大ちゃんと山名さん……しっくりこないなあ」

「考えすぎじゃないですか。中年のいやらしさ」

よけいなことをいったものだから、兄さんはむきになった。

「お前らな。おれがなんかいうと共同戦線張ってガタガタいうけどよ。おれの考え以外のやり方で、ガイシャを表へ出せるかい？　話し声ひとつたてずに、どうやって二日酔いを連れ出すんだ。ものもいわずに、おいでおいでか。それだって、あの時間帯じゃ山名が一番有力だぜ。少なくとも、奴さんを共犯にひきずりこまなきゃ、できねえ話だ」

「ところがぼく……ポイントは、べつな点にあったと思うんです」

ぼくの発言に、克郎さんはじろりと目をむいた。

「それは、どこだい」

「はあ。柚木さんのマントが、ぬれていた点です」

克郎さんのぼくを見る目が、大きく、まんまるくなった。

あべこべに、スーパーの目がすうと糸のように細くなった。ぼくのことばに精神を集中しているらしかった。

じきに彼女は目をひらいた。唇のあいだから、かたちのいい歯並みをのぞかせて、スーパーは微笑した。

「ありがとう……おかげで、少しわかってきたわ」

「おれにはまるっきり、わからん」

と、克郎さんがうなった。

「もう少していねいに説明してくれ。年よりをいじめるもんじゃねえぞ！」

キリコが書いた――Ⅲ

どう頭をひねっても、データ不足という気がする。私は、あせっていた。有原くんについでナベシンまで、クラスメートが殺されたのである。西郊高に、いいようのない不穏な空気がみなぎっている。

マスコミはここを先途《せんど》と書きたて、それがいっそう学校の雰囲気をとげとげしくさせた。

「のろわれた高校」

「血に染まる受験戦争」

ふたりながら同友志望だったことから、犯人は同友に五回アタックして、五回ながら落ちただれそれではないか、と書きたてた週刊誌もある。

「名探偵コンビ沈黙を守る」

なんてくだらない記事が、少年誌に出たときは、頭へきた。

こっちは本気なのだ。

ふだんが冗談ぽいのはみとめるけれど、ナベシンを殺され、大ちゃんに泣かれて、黙っていられるものですか。

はっきりと、いおう。

私はギプスに、疑いの目を向けている。

彼女がパーティーの晩、ふいに会場を飛び出していったのは、つわりのためだと思う。しげ子のおなかに赤ちゃんがいる。その推定から、私はさまざまな想像をめぐらした。たとえば、青松堂書店のことだ。有原くんは、はいってすぐ右側の棚に、料理の本があるといった。だが実際には、いつかポテトが書いていたとおり、その棚に並んでいたのは参考書だった……

第一の事件で、ギプスに犯人の可能性があることはあきらかだったが、ナベシンの場合は不可能である。山名さんの証言によるかぎり、かれが路地の入り口に出たとき、ギプスはすでにスナックの店内にあり、しかもパーティー会場では、ナベシンはまだ生きていたのだから。ポテトのヒントを聞くまで、私はそう思いこんでいた。だがあの一言で事態は変わった。有原くんのとき同様、第二の事件においてもしげ子の犯行は可能だった……

薩次が書いた――Ⅲ

ぼくは、柚木さんを犯人と想定した。

中町図書館でのかれの狼狽《ろうばい》ぶりは、あまりにも露骨だったから。もともと柚木さんは、計画犯罪をたくらむタイプではない。有原くんを殺したとすれば、カモにされ、笑われ、カッとしてやったにきまっている。小説の中の知能犯のように、ふてぶてしく白《しら》を切るなんて、できっこないのが柚木さんだ。

明日は早々に柚木家へ行こう。残念ながら、スーパーとは意見がちがうので、単独行動をとることにする。第一の事件はともかく、第二の事件に関しては、まるで動機がわからない。証拠らしいものも皆無だ。そんなあやふやなことで、あの人のいい柚木さんを疑いたくはなかったが、ナベシンの死に顔を思い浮かべて、ぼくは闘志をふるいたたせた。

たしかめたいことは、ほかにもある。中町図書館で、なぜ柚木さんは、探偵小説を読もうとしたのだろう。それも、そのうちの一冊は、典型的な見立て殺人であった。

「ああ学舎の窓あけて」「翼ひろげて飛び立」った有原くん。

「雨降る巷闇ふかく」「破れし衣に」「血と泥あびて」倒れたナベシン。

かれらの死にざまと校歌の照合は、果たして偶然か、犯人の意図か。万一、ぼくたちのとりくんでいる事件に、三人目の被害者が出たら……それが校歌の第三番を髣髴《ほうふつ》とさせる死に方であったら、そのときこそ見立て殺人は偶然ではなく、同一犯人の演出といえるのだが。

ぼくは、書きすすめた原稿を読み返し、みんなの発言を録《と》ったテープを聞くことにした。息子さんの死にがっくりきたのか、田辺さんは、あれっきり小説のことをおくびにも出さない。だから、この文章が日の目を見ることはなさそうだけれど、いまさらあとへひけるものか。

ぼくは、テレコのスイッチを入れた。出しぬけに、ギプスの声がとび出してきた。

「……またいわせるの。うんざりしてきたわ、私」

「そういわずにさ、たのむよ」

まるで手を合わせているような、ぼくの声だ。

いつ録音したんだっけ。メモと照らし合わせて、やっと思い出した。最初にギプスの家へ行って話を聞いたとき、おわり近くなっての急な表情の変化に戸惑わされた。その理由を知りたくて、三日後にもう一度押しかけていたのだ。

「……で、日よけの下はからっぽよ。あちこちきょろきょろしていた柚木さんと大ちゃんも、けっきょくあきらめたわね。大ちゃんは、アルバイトがあるってすぐ帰り、柚木さんは……」

「校舎から出てきたおじいさんや麻美ちゃんと帰ったんだね」

「知ってるなら聞かなくてもいいのに」

ギプスはかなり機嫌が悪い。

「そういわずに……なにか気がついたことがあったら、教えてくれよ」

ますますぼくは、低姿勢だ。聞いていて、情けなくなってきた。

「そうね。麻美ちゃんがむずかっていたわ。おなかが調子悪かったそうよ。両手で抱いてもあばれるから、おじいさん困っていらした」

「ステッキは持ってなかったの」

「ああ、あの英国風の杖ね。孫のお守りでたいへんだから、家に置いてきたんですって。柚木さんを見てほっとして、捜していたとかおっしゃって」

「それで、学校を出たんだね」

テープが切れた。ちょうどA面がおわるところだったのだ。カセットをとり出すほどの意欲もわかず、ぼくはテープの内容を反芻《はんすう》していた。

(なんだ。せっかく録りなおしても、表情の変化の原因はわからずじまいだったのだな)

だが、いまなら想像がつく。ギプス——しげ子は、こういった。

「……ううん、そんなはずないわね。だって、有原くんの頭にはそのときできた傷……」

で、あきらかに彼女はうろたえた。表情のないギプスにあるまじき変化だった。

有原くんの傷……

（！）

こんどは、ぼくがことばをのみこむ番だった。ぼくも、スーパーも、とんでもない見落としをやっていた！　空中消失の謎を解きながら、矛盾に気がつかなかったなんて。そうだ、一番最初にスーパー自身いってたじゃないか。

「問題は、なぜ傷が二度ついたか」

と！

第三部　英雄のひとりとなりて死にました

キリコが書いた――Ⅳ

1

年が明けた。

明けたって、どうってことないわね。

振り袖着て、初詣に行って、お屠蘇《とそ》気分の若い衆にからまれて、

「ちょえーっ。はりやーっ。あいやーっ」

なんて、故ブルース・リーそこのけの気合でもって、ノックアウトしてやった。きめ手は真空三段蹴り。ぶっとばしたあとで、

（だはは。今日はキモノ姿だったのね）

気がついたって、手おくれなのです。白状すると、私はお屠蘇どころかウイスキーを飲んでいた。飲ませた犯人は、田辺充氏なのだよ。ウイッ。

いっしょに出かけたポテトは、てんでだらしがない。砂糖水みたいなお屠蘇で真っ赤になって、

「ぼく、未成年ですから」

なんて弁解してるの。選挙権はなくたって、もうあんた、子どもをつくれる身の上だろ、やい。ヒクッ。

帰り道、その後の捜査ぶりを、互いに報告しあったのです。

「はん、お前さん柚木家へ押しかけたの。ポルノ立ち読みの前科も忘れて、いいタマねえ」

と私がひやかすと、かれはむきになって、

「家へ押しかけたんじゃない。家の前の砂場だよ」

「ああ、あのエリート専用プレイロット」

「そこで麻美ちゃんをつかまえたんだ」

「なにを聞いたの」

「中町軒のメニューさ」

「え？」

ちんぷんかんの話をされて、私はいくらか酔いがさめた。

「チョコレートケーキのかわりに、チーズケーキをあてがわれて、麻美ちゃんがいやがった日のこと」

「つまり有原くんが『長い墜落』を演じた日ね。それがどうしたの」

「彼女はチーズケーキがきらいというわけじゃないんだ。たまたまその日、おなかのぐあいが悪かったんで、ママに、『へんなもの食べちゃだめ』と、釘を刺されてたんで、見なれないケーキを拒否したらしいね」

「だからどうだっていうのよ!」

なにをまあポテトは、つまらんことをしゃべっているのか。

そんなことより、

(年に一度の私の振り袖姿を、なんとかいわんかいワレ)

「腹ぐあいが悪けりゃ、しばしばトイレへ立つのが当然だろう。聞いてみると、彼女は学校でも中町軒でも、なんべんもトイレに行ってた」

美人の前でトイレの話とは、趣味が悪いぞ。

「学校では、三階の踊り場にあるトイレへはいったらしい」

よっぽど怒鳴りつけてやろうかと思ったが、ポテトは意外なほど大まじめだ。

「その位置を、思い出してごらんよ。古代史クラブと、オカルトクラブの展示場にはさまれてるんだぜ」

も乗った。


「カンケイないでしょ」

私はふくれながらも、話に乗った。ちょうど、青山経由の新橋《しんばし》ゆきが来たから、バスにも乗った。


「ごちゃごちゃいってないで、はっきりしなさいよ。男らしく」

「データがそろわないのに、人を傷つけてはいけないからね。あ、かわいいな」

このニブカン。いまごろになって私の着物に気がついたのか。

と思ったら、かれは窓外の商店街で愛嬌をふりまいている、猿回しの猿を見ていたのだ。

ガーン、であります。

「中町軒のトイレはさ、ぼくもはいったことがあるけど、男女共用でね。しゃがむとこひとつしきゃないんだ……」

なぬ？

まったく、なんの因果でこんな男と、正月早々くさい話をせにゃならんのか。

今年はいいことなさそうだなあ……

しらふの私だったら、むろん、ポテトがなにをいおうとしているのか、右から左へピンときただろうが、今日ばかりはいけなかった。なぜかれが麻美ちゃんにこだわるのかという疑問さえ、頭に浮かんでこなかったのだ。

話題をかえようと、私は大ちゃんにさそわれているクレージー・プロの話を持ち出した。

「クレージーって、あのマンガのプロダクションかい」

「そうよ。雑誌の方でも有名だけど、このごろはテレビマンガの企画でヒットしてるわ」

「大ちゃんに聞いたよ。『超電人スパーク』だろう」

「ほら！　あれだわ」

町を歩いている子どものひとりを、私は指さした。プロレスラーの覆面みたいなものをかぶっている。額に稲妻のアクセサリーが光っていた。現代のヒーロー、超電人スパークのシンボルマークだ。

「あの調子で、大ヒットしてるのよ。その利益をスタッフに還元する——といえばむつかしいけど、新年パーティーにスタッフの友人をなん人連れてきてもかまわないんですって」

「ふうん。世の中不景気だってのにね」

と、ポテトは大蔵大臣みたいな顔つきになった。

「それで、彼女に招待されてるんだ。マンガのプロダクションてのも、いっぺんのぞいてみたかったしね。行かない？　ポテト」

ポテトの意向を尊重しているみたいだが、なに、いやだといっても連れていくつもり。

「いつ」

「七日」

「まずいな」

「なぜさ」

たぶん、私の目が三角になったのだろう。ポテトはおそるおそる弁解した。

「柚木さんと会うことにしてるんだ」

「はん。あくまで私に楯《たて》つくつもりね。柚木犯人説、撤回しなさい！」

「それどころか、重大な見落としを発見したのさ……スーパー、わかってるのかい」

「えっ」

急にポテトが強気になった。

「有原くんの、最初についた傷だよ」

「前額部の挫傷がどうしたの」

「その傷を与えた、凶器に気づいたんだ」

「凶器……だって校庭に落とされたんでしょう。傷口に校庭のセメントの粉がついていたもの」

ポテトが、笑った。いやな笑い方だわ。

「それではまるきり矛盾するじゃないか」

2

七日は正月休みの最後である。

ふだんなら、明日にひかえた学校の準備で頭を痛めているときだが、今日の私は新年会の楽しみがひかえていた。

「キリコさん、いますかあ」

洋子のあまったるい声が、階下に聞こえる。

「キリコ！　お客さんだよ」

母さんが呼ぶより先に、私は、すととん、すととんと、はずみをつけて階段を降りていった。

階下のスペースはほとんどが売り場だから、階段のとっつきの一畳ばかりの板の間が、玄関兼用である。足のふみ場もない、靴やサンダルがぬぎ散らかされた土間に、ジーパンスタイルの洋子が立っていた。

「おめかしね」

「えっへへ。馬子《まご》にも衣裳」

と、私はポーズした。白のブラウスの胸に造花をつけた上半身は平凡だが、黒いロングスカートに、民族衣裳風なデザインのチロリアンテープを、三段に縫いつけたところがミソである。

「あたしは労働着。マンガのスタジオは埃だらけだから、とってもよそゆき着てゆけないわ」

さすが大ちゃんは、逆手を使った。いつも躁病患者みたいなファッションだから、こんな服装もひと味ちがって印象的だ。おぬし、できるな。

「ポテトはいないの」

「柚木さんとこへ寄ったわ……あら、雪ね」

着つけに夢中で、外へ出るまで知らなかった。丹念にちぎった綿のような雪が、みるみる洋子の髪を白く染めてゆく。

私はあわてて傘をさした。クレージー・プロは代々木《よよぎ》なので、バスと国電を乗りつがねばならない。

バスは、なかなか来なかった。

寒そうに肩をすぼめていた大ちゃんが、ふいに口をきいた。

「どうしてポテト、柚木さんとこへ行ったの」

「さあ。男同士、話したいことがあるんでしょう」

「スーパー、教えて」

私は、洋子の強い視線にたじろいだ。

「ナベシンを殺したのは、柚木さんなの？」

「……」

私はだまって首をふった。

「じゃあ、だれ」

「まだ……よくわかんない」

「警察もそんなことをいってたわ。犯行の可能性があるのは山名さんだけど、あの日はじめて会ったナベシンを、殺そうとする理由がないわ。けっきょく、パチンコ店の客のだれかが、共同トイレへ行く途中、金をとるつもりかなにかで、ナベシンを殺したんだろう……その線で洗い直してるらしいけど。キリコさん」

「……」

「あなたと牧くんは、中学以来の探偵コンビじゃない。きっと、犯人の心あたりがあるはずだわ！　教えて頂戴」

「ほんとうなのよ」

やっと、私は答えた。

「かれか彼女かふたりのうちどちらかが……とまでは、見当をつけたわ。それについて、ポテトと私と、やっと意見が一致したの。特に、その中のひとりがあやしいと……けれど、証拠がない」

「裁判の話なんか、してないわ！　物的証拠がいるのなら、それは警察の仕事だもの」

「推理できめつけようにも、データ不足ね。勘弁して」

ようやくそこへ、バスが来た。バスは満員だった。人いきれと、降雪のおかげで、窓の外はなにも見えない。おし黙って、自分の中にとじこもった私は、考えあぐねていた。

（ふたりをのせた秤《はかり》は、大きく一方にかたむこうとしている……だが、そうなると……あの人を犯行にふみきらせた動機は、なに？）

私たちがクレージー・プロへ着いた時分は、ぬかるむひまもないほどの積雪で、道は一面真っ白に舗装されていた。

代々木の予備校に隣接したスタジオは、鉄筋二階建の瀟洒《しょうしゃ》なたたずまいだった。予備校も、今日まで正月休みなのかしんとしている――と思ったが、これはとんだかんちがいで、年始の集中講義がたけなわだそうな。学校とちがって、みんな真面目に、固唾《かたず》をのんで、教師の話を聞いているから、一見無人のように静まり返っていたのだ。

スタジオは、玄関をはいってすぐ右が受付で、正面に小ぶりなロビーがあり、受付の角を右へ折れると左右に小べやが並んでいた。……と、ここまではまともだった。

マンガのプロダクションという名から想像されるような、騒々しさはどこにもない。わずかにロビーの突き当たりのショーケースに、「超電人スパーク」だの「ナナハン鉄仮面」だの「ロボちゃん」「マシンガンX」といったヒーローたちの、マスク、人形、絵入りのノート、筆箱、トランプといった商品見本が並んでいて、それらしい雰囲気をつくっているだけだ。

「へんに静かねえ」

「時間が早すぎたのかしら」

私たちが廊下へ足をふみいれたとたんだった。左右に並んだドアがいっせいに開いて、ポン、パン、シューッと、季節おくれのクラッカーがとんできた。

グロテスクな面構えの、怪獣のぬいぐるみまであらわれて、私に抱きつこうとするがおう。

「いやん」

私は悲鳴をあげた。そこまでよせばよかったのだが、修練の成果はおそろしい。

「えやっ」

条件反射というやつで、つい足払いをかけてしまった。

ずしんと地ひびきをたてて怪獣は倒れ、周囲にどっと爆笑が湧いた。ぞろぞろと姿を見せたのは、みんなひとくせありげなマンガ家、アニメーター、プロダクションのスタッフたちだ。申し合わせたようにうすぎたないが、活気がある。うちの学校とはだいぶちがうな。

「どうも失礼」

なかではつるりとした肌合いの童顔のおじさんが、なれなれしく私の手をにぎって二、三度ふった。

「プロ代表の、呉井《くれい》Gです」

ユニークなペンネームだ。

「噂に高いスーパーくんですね。お待ちしてました。どうぞ、どうぞ」

手とり足とりされんばかりに、いちばん広いへやに通された。いつもは会議室に使われているらしく、そのへやだけでも三十人がとこひしめいている。中央に、季節外れの氷の彫刻がいくつか飾られ、周囲をハムだのチーズだのカナッペだのがとりまいていた。四方からコップ、ビール、フォーク、お皿とつき出されて、私は目が回りそうだった。

「女はトクだなあ」

しみじみうらやましそうな声が聞こえたので、肩ごしにふり向くと、ポテトと柚木さんがいた。

「あら!」

ポテトは当然だが、柚木さんが来るとは、思いがけなかった。

「お邪魔しちゃって。牧くんに話を聞いて、参加させてもらったんだ。あけましておめでとう」

「おめでとうございます」

挨拶をかわしながらひょいと見ると、柚木さんは毛糸の手袋をはめたままだ。寒がりなんだわ、よほど。

「柏くんは、さそわなかったの」

柚木さんがたずねた。

「電話だけはかけたんだけど、図書館へ行くからだめですって。渋谷図書館に、捜していた本が見つかったそうよ」

「すぐ近くなのに、渋谷なら」

ポテトも残念がったが、柚木さんは、かえってさばさばしたようだ。

「図書館か。それじゃどうしようもない」

どうしようもない、ということばがへんに私の胃にもたれて、柚木さんを見ると、かれは目を神経質にぱちぱちさせて、

「じゃあ、ぼくは」

人ごみの中へ消えて行った。

「となりに、マンガ本がたくさん置いてあるんだ。行くかい」

ポテトにしたがってとなりのへやへはいったが、実は柚木さんの目につかない場所で、

聞きたいことがあるためだ。

「意外だったわ、柚木さんが来るなんて」

「ぼくもさ」

ポテトがいった。

「見立て殺人かどうかって話をしてるうちに、ぜひここへ連れてってくれといいだしたんだ」

マンガにたいして関心のない柚木さんが、どういう風の吹き回しなのだろう。

「聞きこみの効果は、あって?」

「前進してないな。かえってぼくが麻美ちゃんにいろいろ聞いたこと、つつぬけだったらしい」

ポテトは苦笑した。

「まあ。いやみいわれたの」

「いやみというほどじゃない。柚木さんは、そんなことで文句をつける人とちがうから……なんか、寒いね」

ぶるっと、ポテトが身ぶるいした。ひっそりと、スチールの書棚が並ぶばかりで、人気《ひとけ》の少ないためだろう。外もまだ、雪が降っている気配だ。

私は、ポテトの背後にある暖房器が、止まっていることに気づいた。

「つけようか」

近づくと、大ちゃんが戸口から声をかけた。

「いま私が、つけたばかりよ」

「だって、動いてないわ」

くすっと彼女は笑った。

「スーパーでも、知らないことがあるのね。これはサンヒーターといって、へやの空気を汚さずに、暖房するしかけよ」

「それなら知ってるわ。セントラル・ヒーティングの切り売りってCMでしょ。ガスの火が露出しない、温風暖房」

「そう。だから、機械の中があたたまるまで、スイッチを入れてもしばらく温風が出てこないの。そのかわり、スイッチを切っても、当分のあいだ温風が出つづけるわけ」

「へえ……ずれてるんだ」

と、悪口はいってみたものの、勉強不足を痛感した。そもそもわが家の暖房が、おこたと火鉢中心だからいけない。兄貴にいわせると、セントラル・ヒーティングで股火鉢の楽しみは味わえん！　と、くるのだが。

「おなか、まだくちくなってこないわ」

「もどろうか」

私たちは、マンガに読みふけりはじめた大ちゃんを置いて、会議室へひき返した。呉井氏を中心に、スタッフが談笑しているが、柚木さんはいない。

「名探偵、どうぞどうぞ」

呉井さんが、如才《じょさい》なくワインをすすめてくれる。

「あれえ。ここにあった氷の彫刻、ひとつ足りないぞ。桶みたいな恰好の氷の花器」

髭《ひげ》もじゃのスタッフが、とんきょうな声をあげる。

「だれだ、かっぱらったのは」

「そんなつめたいものを、だれがもってく」

呉井さんが笑った。

「とけちゃったんだろ」

「惜しいことした。あとでおれがもらって、灰皿にするつもりでいたのに」

「氷が灰皿になるかって。よくいうよ」

ひとしきり笑声がおこった。

「いまごろ氷の彫刻なんて、がまん会ですか」

私がいうと、呉井さんはしかつめらしい顔で答えた。

「なあに、シーズンオフにたのめば、安くあがって、デラックスに見えるでしょう」

また、みんなが笑う。なかなかいい雰囲気だ。しばらく呉井さんたちとだべっていたが、柚木さんはあれきり顔を見せない。さそった手前、私たちは不安になった。

「おかしいわね」

「捜そうか」

私たちは手分けして、一階の各室をあたってみた。

「いた?」

「いない」

ひと足先に、帰ってしまったのかとも考えたが、ポテトは否定した。

「今日はゆっくりするといってたんだ、柚木さん」

二階のへやも、ほとんどおなじ配置である。ただ一階よりもう少しこまかに仕切られて、へや数がふえていた。

そのひとつのドアを、数人の男ががちゃがちゃゆすっている。

「畜生。やっぱりだれか鍵をかけたんだ」

「なにがはいってるんですか」

好奇心にかられた私がたずねると、ひとりがいまいましそうに答えた。

「キャラクター商品の、在庫なんだよ」

ロビーの見本ケースにはいっていたような品物のことだろう。

「福引の景品に使うんで、出そうと思ったら……えいくそ」

べつのひとりが蹴飛ばした。若者ぞろいの会社だから、やることが荒っぽい。

「この錠、鍵がなければ閉められないんでしょう」

「ああ。中にいて、ラッチをかければべつだがね。ふだんはあけっぱなしなのに」

「新年会で目つきの悪い客が来てるから、用心のために閉めたんじゃない？　私たちみたいに」

と、私がいうと、プロダクションの人たちはげらげら笑った。そこへ、小ぶとりの体で息せききって呉井さんがかけあがってきた。

「鍵がかかってるって？」

「あ、すみません」

「へんだなあ。今日はこの鍵束、おれが持ち歩いてたんだぜ。だれも閉めることはできないはずなのに」

いいながら、鍵束をじゃらつかせて、その一本をドアへつっこんだ。

くるんと鍵が回って、ドアがひらいた。

窓もない小さなへやは、むっとするほど暑かった。ここにも、サンヒーターが装備されているのだ。

だが、そんなことより、私たちの目は、いっせいに床に吸われていた——床に、うつ伏せとなって倒れているひとりの男。

「あっ」

屈強な若者たちだったが、さすがに息を呑んだ。これはだれだ？　なぜ、ここに倒れている？　奇妙なことに、男は頭部に頭巾《ずきん》のようなものをかぶっていた。

「柚木さん！」

ポテトがわめいた。

「えっ」

「上着とセーターに、見おぼえがある！　柚木さんだっ」

私はものもいわずに突進した。肩に手をかけて仰向けにする。ごろんと無抵抗にころがった気配は、もうかれが人間ではなく、ただの物体になった事実を語っていた。

「……！」

その顔は、「超電人スパーク」だった。額に稲妻のマークをきらめかせて、不死身のテレビマンガのヒーローは、ぴくりとも動かない。目と鼻と口だけが洞穴のようにぽっかりあいた覆面が、ひどく滑稽であり不気味であった。私はとっさにハンケチをとり出して、スパークのビニールマスクを剝《は》いだ。

まさしく柚木さんだった。

苦しげに目を瞠《みは》り、口をゆがめて、息たえている。

死んだのは三十分前？　それとも……すでに下顎部の死後硬直はいちじるしいが、三十センチと離れぬ位置で、温風を吹き出している暖房器による誤差を勘定に入れねばなるまい。

私の背で、ポテトが叫んでいる。

「すぐ警察を！　それから、だれもスタジオから出てはいけません。このへやの中のものは、絶対にさわらないこと！」

場数をふんだせいで、ポテトも私も、なまじっかな初動捜査班より手慣れている。

（そっちはポテトにまかせておけば安心だわ）

私はかるく目をとじ、深呼吸した。目をあけると、むくろとなった柚木さんが、黙って私を見上げていた。

（もう手袋をしていない……いつ外したんでしょう）

考えながら、ハンケチごしにつかんでいたスパークの覆面を、そっとその顔の横へ置く。

ぎくんと、胸に突き刺さるなにかがあった。

（英雄）

そうだ、「超電人スパーク」はテレビ界きっての英雄だ！

（西郊高校歌第三番……柚木さんは「英雄のひとりとなりて骨埋め」られた！）

なんということ。ひそかに私たちの危惧していた見立て殺人が、ついに完成したのである。

薩次が書いた——Ⅳ

1

たまたま近くを走っていたパトカーがかけつけるまで、みじかい空白があった。

スーパーとぼくは、暖房のきいた狭いへやに、汗びっしょりで立っていた。棚に並んだロボットのいくつかが、柚木さんの体のまわりにころがっている。超電人の絵がはいった、洗い桶だの下敷きだのも散乱していた。ヘルメットのひとつが大きくへこんで、あきらかに格闘の痕跡が残されている。

もうひとつ、死体のうつ伏せになったあたりが、ぐっしょりぬれていた。

（なぜだろう）

考えているうちに、その水あとは、やがてすっかり乾いてしまった。ナベシンの死体を発見したとき、乾いていた周囲が次第に雨にぬれそぼった——あれと逆の現象だ。

（弱っちまうな。現場保存のためには暖房をつけっぱなしにしなけりゃならないし）

あちら立てれば、こちら立たずだ。

スーパーをふりかえると、彼女はドアのラッチをにらんでいる。

「なんかわかった?」

「犯人は、あのドアをどうやってぬけ出したか、考えてるのよ。シリンダー錠なら、ノブのボタンを押して出れば、簡単に施錠できるんだけど」

「そうだ。あのタイプの錠前だと、鍵がなくては外から錠がおろせないんだ」

戸口に立って、こわいもの見たさの弥次馬を追い返していた呉井さんが、われわれの会話を聞きつけて、いった。

「ほんとうにそうなら、犯人はおれってことになるよ。今日一日、鍵を持っていたのはおれだけだからね」

「合鍵という方法があるでしょう」

「ない」

と、呉井さんははっきり否定した。

「このスタジオを設計したのは、おれの友人でね。インテリアから防火防犯、こりにこってくれたのさ。むかし気質《かたぎ》の錠前屋が特別にこさえた錠なんで、合鍵をつくれなくって音をあげてるんだ」

私たちは、顔を見合わせた。

窓のないコンクリートの室内の犯罪である。たったひとつの出入り口を封じられたとしたら、犯人は？

「密室殺人だ」

「またあ？」

スーパーが、この場合いささか不謹慎な声を発した。うんざり顔になるのも、むりからぬところだろう。思い出せばぼくらは、手を変え品を変え、さまざまな密室事件にぶつかってきた。

学校のトイレ。プレハブの隠居べや。ビジネスホテル。ヤマトテレビの時代劇セット。そのどれよりも、今日の密室はがっちりできあがっている。呉井さんの友人の設計とあれば、大時代なぬけ穴なぞあるはずがない。壁は鉄筋コンクリート、ドアはスチールにプラスチックパネルを張った頑丈なもの。わずかに通路といったら、天井の小さな換気口だけだ。

「もうひとつ、あるわよ」

「どこに」

「あれ」

と、彼女はサンヒーターの背後を指した。

「室内の空気を汚さず燃焼させるための、外気取り入れ口と排気口なの」

「そんなパイプから、犯人が逃げ出せるもんか」

せめて煙突なら、サンタクロースが出入りできるのに。

「密室もふしぎだが、きみたち」

と、呉井さんが気味悪そうに、死体を横目で見てささやく。

「いったいあの人が、どんな方法で殺されたのか、わかるかい」

「窒息死には間違いないと思うんだけど」

スーパーも、心もとない様子だった。絞殺のあとも扼殺《やくさつ》のあとも見あたらない。おとなと子どもほどに体力がちがえば、あるいは昏睡中を襲えば、鼻と口をふさいで窒息させることも可能だろうが、現に格闘のあとがありありと残されているのである。そのとき、耳になじみのピーポーピーポーの音が近づいた。

「スーパー！　ポテト！　パトカーよ」

大ちゃんがわかりきったことを知らせにきた。むろんそれは口実で、呉井さんのガードをやぶって、柚木さんの死の現場をその目でたしかめたかったのだ。

呉井さんが止める間もなく、彼女はへやへおどりこみ、スーパーの腕にかじりつき、そしていった。

「ナベシンを殺したのは、かれじゃなかったのね……じゃあ、犯人は？」

「佐々部くん」

呉井さんが、駄々っ子をあやすような調子でいった。

「むりをいってはいけないよ。三人目の犠牲者が、つい今し方出たばかりなんだ。いくら可能嬢がスーパーでも、占いではあるまいし、犯人が」

わかるものか、というつもりだったに相違ない。しかしスーパーは、

「わかりました」

といった。そのとおり……データはこれで出そろった。ぼくらは柚木さんに、感謝せねばならない。

「えっ」

呉井さんが、自分の描くギャグマンガの主人公みたいな顔になった。

「ポテト」

スーパーは、ぼくをふりかえって、

「そう思わない？」

「思うよ。強《し》いていえば、あとひとつ事実をたしかめてから」

そのとき、どかどかと刑事たちの足音がひびいた。

2

ただでさえ新年会でごったがえしていたクレージー・プロダクションは、所轄署につづく捜査一課の襲来で、混乱の極《きわみ》に達した。

「この分だと、確実に連載三本、穴があくね」

と、呉井G氏はなかばやけくそである。ロビーのソファに不貞寝《ふてね》して、ショーケースからひっぱり出したヌンチャクをもてあそんでいた。

事情聴取は、まだはじまりそうもない。どすんどすんと、二階の床が鳴っている。

「なんだってこんなところに、ヌンチャクがあるんですか」

ぼくが質問すると、呉井さんは苦笑いした。

「うちの連中は流行に敏感でね。ブルース・リーがはやったときにすぐ買いこんだんだ。べつだん『超電人スパーク』とは、関係ない」

広くもないロビーは、呉井さんと主だったスタッフ、大ちゃんにスーパー、ぼくとで、ほぼぎっしりだ。そこへあたふた、かけつけた人たちがいる。

「孝はどこです！　会わせてください！」

ヒステリックな声は、小枝夫人だった。

玄関のドアを突きやぶらんばかりの、夫人の権幕だった。夫人につづくのは、柚木雄六氏である。

はじめ夫人は、立ちあがって出迎える私たちに、目もくれなかった。血相かえて二階へかけのぼろうとして、警官に止められ、やっとロビーで落ち着くことになった。

小枝夫人は、目を真っ赤に泣きはらし、ソファに座っても、つかんだハンケチをもみしだいている。さすがにその姿は涙をさそったが、だからといって席をゆずった呉井氏に、お礼ひとつ述べようとしないのが気にかかった。

柚木雄六氏はと見れば、口をへの字に曲げアッシュの杖を突いたきり、壁のポスターをにらんでいた。そこに描かれているのは、ギャグマンガの「ロボちゃん」だ。うんちをする必要がないので、町にはロボット用のトイレがない。これは差別だというので、ロボット工場にデモをかけ、人間並みにうんちをする高級ロボットを製造させる。ところが工程のミスで、できあがったロボちゃんのうんちは、ダイヤモンドだった。はじめロボちゃんをいやがった貴婦人たちは、てのひらを返したように、ロボちゃん争奪戦をはじめる――そんなストーリーが、一枚のポスターの上に、手際よくまとめられていた。

「なんたる卑猥《ひわい》」

ご老体は怒った。

「吐き気をもよおす！　こんなポンチ絵がはやるようでは、日本は亡びる」

どんと、アッシュの杖が絨毯《じゅうたん》をえぐった。作者の呉井氏はじめ、苦笑するほかはない。

「あたしは大好きなんだけど」

と口をとがらせた大ちゃんを見て、雄六氏が一喝《いっかつ》した。

「愚劣！　しげ子さんともあろう者が」

「あたしの名は、洋子です！」

りきんだ洋子を、小枝夫人が血のように赤い目でにらみつけた。

「あなたたちね。孝をこんなくだらないところへひっぱりこんで、殺させたのは」

まるで、毛を逆立てた牝猫だ。年の差というか、母親のエネルギーというか、あの威勢のいい大ちゃんさえ、すくんでしまうような迫力だった。

「孝を返して！」

小枝夫人は、つかみかかろうとした。

「孝が死んだのは、あなたのせいだわ。こんなうすぎたないマンガの建物なんか、火をつけてやる！」

陽気なクレージー・プロの人たちも、笑うどころではなかった。言葉どおりやりかねないほど、夫人は殺気立っていたからだ。

「孝は、あと二月ちょっとで、同友に合格できたんですよ！　あれほど一所懸命勉強してたのに……もうひと息で楽ができるところを、あなたたちのおかげで、めちゃめちゃにされてしまった！　この中にいるんでしょう。孝を殺してのほほんとしている人が。手を血だらけにして、そ知らぬ顔でいる悪党が。ええ、ええ、知ってますよクレージー・プロ。娘の麻美のおつき合いで、テレビだって見てますからね。がおーだの、うおーだの、怪獣が暴れ回って、毎週毎週なん百人という人が殺されるあの番組でしょう。そんなものをこさえるから、あなたたちは、ほんものの人間の命が、ひとつやふたつ消えてなくなっても平気でいられるんです。おお、おそろしい！　あなたたちみんな、人殺しですよ。よってたかって、孝を殺したんですよ！」

ぼくは、たまりかねた。立ちあがってしゃべろうとした。だが、スーパーの方が、ぼくより一歩早かった。

「ちがいます、おばさま。柚木さんを殺したのは、この人です！」

可能キリコの白い指がまっすぐのびて柚木雄六老人を指していた。

3

「なにをいうのよ、あなたは。頭がおかしくなったの」

夫人は、いまにも泡を吹きそうだった。

「おじいさんはね、つい三十分前まで、検診をうけてたんですよ！」

「そのことは、さっき、お宅へ電話してたしかめました」

スーパーは、くそ落ち着きに落ち着いている。意外なことの成りゆきに、大ちゃんも呉井さんたちも、呆気にとられたようだった。夫人の怒声に、二階から降りてきた刑事が、スーパーの顔を注視している。

「柚木さんの死について、おじいさんにアリバイがあり、ギプス——柏しげ子さんにアリバイがない。彼女は、ひとりで図書館に行っています。柚木さんの死を伝えて、お母さんから連絡はとってもらいましたけど、ずっとそこにいたかどうか。アリバイの立証はむつかしいでしょう。だからこそ、おじいさん、あなたを犯人だというんです……有原くんとナベシンを殺した犯人」

老人の顔には、冷笑が浮かんでいた。小娘がなにをいうとるかと、せせら笑うような表情だった。

「なぜかといえば、柚木さんは犯人を庇《かば》って自殺したから……」

「自殺？」

呉井さんが不審げな声をあげた。

「どうして、そう推理したの」

「他殺だとすれば、犯人が逃げ出せないじゃありませんか。あまりに完璧な密室。不可能なものは、どうひねくっても不可能ですわ。だから私は、あの現場に立っているあいだに、他殺という考えを捨てました。すると残る可能なケースは、事故死と自殺ですね。かりに事故であったとしたら、格闘のあとが説明できません」

「あれは、見せかけだったのか！」

「はい。他殺を装うために」

「しかし、かれはどういう方法で自殺したんだ。いや、他殺を装うのなら、もっとほかに方法がありそうなものだけどね。密室にすれば、そのへんひどくあいまいになっちまう」

呉井さんの疑問は、するどい。

「密室の意味は、あとでお話しします。その前に、自殺の方法だけど……ポテト、きみが気がついたのね」

バトンを渡されて、ぼくはうなずいた。

「死体の枕もとがぬれていました。氷の彫刻がひとつ、消え失せました。柚木さんは、最初手袋をはめてここへあらわれ、死ぬときに外していました。外に、雪が降っていました……この四つの事実を、つなぎ合わせてみたのです」

「氷の剣で胸を刺した話は知ってるけど、あれはきみ、氷の桶みたいなものだったよ」

と呉井さんがいう。

「そうです。氷の桶に雪をつめこみ、顔を押しつけたのです……手袋は、いうまでもなく氷の花器を運ぶため、あとでぬいだのはそれに気づかれたくないためです」

「顔を押しつけただけで、死ねるかい？」

「当然、睡眠薬かなにかを、服用していると思います。朦朧《もうろう》となってから決行すれば、苦痛もなく窒息死できます」

「だってあのへやは、ヒーターが、がんがんついていたんじゃなかったの。死にきる前に雪がとけてしまったら？」

大ちゃんの質問には、スーパーが答えた。

「あなたなのよ、私にサンヒーターのことを教えたのは。スイッチオンしてから温風が吹き出すまでに、時間がかかること……そのあいだに、もう柚木さんは窒息しているわ」

「孝が自殺なんて！　第一あの子は、ばかげたマスクをかぶってたというじゃありませんか。死のうとする者が、そんなふざけた真似をするものですか！」

「それには、ちゃんとした意味があったんですのよ、おばさま」

とスーパーがいい、ぼくがうけた。

「柚木さんは、ヒーローのマスクをかぶることによって、自分の死を校歌の第三番に見立てました。自殺と信じられない状況でありながら、密室が解明されないかぎり無実の者が挙げられる危険はない。やがて柚木さんの死は迷宮入りとなる。……すると、自動的に第

一、第二の殺人事件も右にならえするだろう。有原くんの死が第一番に、ナベシンの死が第二番に、それぞれ符合する以上、柚木さんの死をふくむ三つの連続犯罪を、同一犯人と考えるのが、もっとも常識的な解釈だからです……すなわち、柚木さんの自殺の動機は、第一、第二の殺人に、見立て殺人のベールをかぶせることによって、事件の真相をあいまいにし、犯人を庇うためでありました」

われながら演説口説になって面映《おもは》ゆいが、ぶっつけ本番だから、仕方がないだろう。

「いったい柚木さんは、だれを庇っているのでしょう……考えられる対象は、ふたりいます。柏しげ子と、柚木雄六老人。どちらもふたつの事件に共通して登場しており、しげ子さんはかれの恋人で、雄六氏は実の祖父なのです。

皮肉なことに、そのどちらであるかを決定させたのが、今日の柚木さんの自殺でした。理由は簡単です。庇うための死なら、当然庇われる側のアリバイが成立していないるべきだ。雄六氏は、病院で検診をうけていた。こうでなくちゃいけません。第三の事件において、完全に容疑の圏外に去ることが、第一、第二の事件の犯行を秘匿《ひとく》する絶対の条件でしたから。

ゆえにぼくは、柚木さんの死について確固たるアリバイをもつご老体を、犯人と考えたんです。

白状しますと、ぼくは最初柚木さん本人を疑っていました。中町図書館へ話を聞きにいったときの、あの落ち着きのなさが、ぼくの先入観となったのです。

しかも、つづいて会ったしげ子さんが、話の途中で、ふいになにか思いあたった様子を見せました。

『……音もたてず、ビニールの日よけもやぶらず、三階から飛び降りたというの？　ううん、そんなはずないわね。だって、有原くんの頭にはそのときできた傷……』

ここで、彼女はふしぎな表情の変化を見せます。長いあいだをおいてから、

『……があったんだもの』

で話を結んだのです。これについて、ぼくはふたつの意味を見出しました。

その一、彼女は有原の頭にそんな傷ができるはずのないことを、知っていた。

その二、それにもかかわらず、現実の死体には傷が――第一回目の墜落で生じたと考えられる傷のあったことに、思いあたった。

一方スーパーもぼくも、第一の事件の有原くん消滅を、合理的に解決するには、ただ一つの道しかないことを知っていました。

考えてみましょう……

有原くんの空中消失を可能にするのは、柚木さんと大ちゃんが共謀して、さも有原くん

が窓から飛び降りたように、しげ子さんに呼びかけた場合。有原くんと大ちゃんが共謀して、かれを展示物のかげにかくし、柚木さんが校庭を見下ろしているあいだに教室の外へ逃がしてやった場合。有原くんが、なんらかの方法で日よけの上へ安全に飛び降り、なおかつしげ子さんが共謀していた場合。この三つのケースしかありませんね。

そうなると、これはもう有原くんが分裂症の症状を露呈していたことは、問題になりません。第一の場合ではそもそも有原くんは登場していないのですし、第二、第三の場合では共謀者を必要とする――つまり、柚木さんというカモにしやすい先輩を、からかうための芝居でしかなかったのです。

ところでさらに考えをすすめると、前のふたつの場合は、根本的に成り立ちません。というのは、その日その時間その場所に、しげ子さんが来るという保証のないかぎり、無意味ないたずらになってしまいますから。

そこで得た結論は、こうです。非常に考えにくいことではあるが、しげ子さんが有原くんと共犯関係にあった。彼女の協力によって、ビニール幕をやぶらぬ工夫がされていた……と。後者の物理的な方法は、体操器具を使ったのだと思います。

もともと体操倉庫から持ち出した、跳び箱だのマットだのは、日よけの間近に積んでありました。日よけの下で軽食コーナーをひらいていたスーパーが、つかれるとその一枚をベッド代わりにしていたくらいです。たとえばオート三輪の荷台に、跳び箱とマットを積んで、ビニール幕の下へ据えておけば、有原くんの体重は幕ごしにマットが受け止めてくれるはずです」

熱心に耳をかたむけていた洋子が、拳固をかためて、おでこを打った。

「そういえば、校庭へ降りてくるあいだに、トラックのエンジンの音を聞いたわ！」

「トラックか。有原くんは、父親の隙を見ては無免許運転をするのを自慢にしていたからね。それにあの日は、学園祭のあと片づけにそなえて、業者が小型トラックを持ってきていたっけ」

「だから、あのとき、日よけの下が、へんにがらんとして見えたんだわ。だまされた！」

叫んでから、洋子が小首をかしげた。

「それにしてもおかしいなあ。あんなに有原をきらっていたギプスが」

「私から説明するわね」

と、スーパーが解説役を交代した。

「しげ子さんにとって名誉なことじゃないけど、これを素通りするわけにゆかないから……彼女は、万引きの現場を押さえられたのよ」

スーパーは、有原から聞いた話をざっと紹介した。

「そのときはなんとも思わなかったけど、あとになって、はてなと考えたわ。だって、青松堂へはいってすぐの右の本棚は」

「あ……参考書」

「奥さんが読むような料理の本は、置いてないもの。さてはホラかなと思っていると、あなたの話を聞いたわけ」

「ギプスが有原をにらんでいた話ね。そうか……彼女は有原を憎みながらも、従わないわけにはゆかなかったんだわ」

「そういう柏くんであってみれば」

と、ぼくがつづける。

「有原くんの頭に、第一回目の墜落でうけた傷など、存在しないことを知っている。にもかかわらず、その傷はあった！　ではだれがつけたのか。考えているうちに、ぼくが柚木さんの名を出したので、あっと思ったのさ。

（もしや柚木さんのしわざでは？）

それをたしかめるために、彼女はクリスマス・パーティーへ来た。

（柚木さんが犯人だとすれば、私と有原のことを感づいたため）

そう彼女が気を回したのも、わかる」

「ギプスと有原のこと……？」

大ちゃんは、もうひとつはっきりしない表情である。だが、当のしげ子さんがいないのに、そこまでしゃべっていいものかどうか、ぼくはちょっとためらった。

「いいのよ、牧くん」

玄関から、声が聞こえた。

ふり向くと、柏しげ子が面を伏せてたたずんでいた。

「柚木さんには、なにもかも話してしまったんだから……残らずしゃべって頂戴。みんなの前で」

「しげ子！」

スーパーが叫んだ。だがしげ子は、彼女の方をふり向こうともせず、洋子に向かって、はっきりといった。

「私は、有原に犯されたの。あいつの子どもまでできたの」

すぐには洋子も、返答ができない。

「パーティーのとき、急に飛び出していったのは、柚木さんと争ったというより、気分が悪くなったためだわ」

それがつわりということは、ぼくも知識として知っている。

「あのときの問答をいいましょうか。柚木さんは、

『まさかきみ、ぼくを犯人だと……どうしてそんなことを考えたんだ』

『だって柚木さんが……もしかしたら、あのことを知っているのかと思って』

『知る？　ぼくが？　なんの話だ』

瞬間、しまったと思ったわ。有原が死んだいま、永久の秘密としてかくすべきだったのに……はっとしたとたん、胸苦しくなって。このまま店の中で吐いたりしたら、すべてを知られてしまう。そう考えて、路地へ飛び出したの。苦しい、とても我慢できない。共同トイレを知らなかった私は、表通りのスナックへはいって、お手洗いを借りたんです。あとからあとから、おなかの中の汚いものが吹き出してきて……みじめな思いだったわ……顔は涙でぐしょぐしょになって……私、決心したんです。どんなことがあっても、柚木さんにはシラを切りとおそう……気をとり直して、私、窓際の席へ着いたわ。ちょうど、路地を柚木さんのおじいさんと麻美ちゃんが出てくるところだった。それを見て、はっと、あの日の学校のことを思い出したの。いままで私は、トラックを移動させた有原が、柚木さんや洋子さんをやりすごして、また三階へのぼっていったこと……私が柚木さんたちにとぼけて見せているあいだに、おなじ階段を、おじいさんたちが降りてきたこと……有原とおじいさんは、階段のどこかで会っている！　有原が致命傷をうけたのは、そのときかもしれない、と」

大きくうなずいたぼくは、またしゃべり出した。

「やはり有原くんは、もとの校舎へかくれたんだね。……さて、話をもどすと、有原くんの消失の謎を解いたぼくらは、そのあと意見が割れました。ぼくは柚木さんをあやしく思い……」

「私はしげ子を疑ったの。ごめんね」

スーパーが頭をさげ、ギプスがかすかに笑った。

「ところがそれは、ぼくたちの早とちりでした。墜落によってつくことのなかった傷が、なぜついて、しかもセメントの粉にまぶされていたかを、考えるべきだったのです……しげ子さんには、わかったらしいね」

「ええ、それは、古代史クラブだもの」

あっと、洋子が叫んだ。

「石貨が、おなじセメントでこしらえてあったわ！」

「そうなんだ。そして柚木老人は三階にいた。気の毒な有原くんが、階段をあがってくる……とっさにかれを血祭りにあげようとした犯人は、凶器を捜しました。日ごろ使いなれたアッシュの杖はなかったが、それにかわるものとして、小型の石貨が、いくつもひもを通してつないであった。そのひもをしごけば、石貨がつながって一本の棒になる。剣の達人にはもってこいの武器です。有原くんはひとたまりもなく倒れた……」

「うそおっしゃい！」

するどい声は、小枝夫人だ。

「みんなでよってたかって、おじいさんを犯人にして。いくら子どもでも、麻美がいたんですよ、麻美が」

「麻美ちゃんは、おなかをこわしていました。トイレへなんどもはいったと、いってます。そしておじいさんが有原を昏倒させるにはものの一秒もあれば十分だったでしょう」

「二度目の墜落はどうなるんです!」

「柚木さんのしわざだと思います。たぶんおじいさんは、有原の姿を麻美ちゃんに見せまいとして、オカルトクラブの展示室へかくしたのでしょう。あそこには、大ちゃんも知っての通り、人間ひとりぐらいかくせる空間がありました。その話を、おじいさん、中町軒で柚木さんにしたのではありませんか」

素直に返答がもらえると思っていなかっただけに、老人が重々しくうなずいたときは、こっちがびっくりした。

「お、おじいさん!」

魂消《たまげ》るような悲鳴とは、小枝夫人の、こんな声をいうのだろう。

「気をしっかりもってくださいな。おじいさんがそんなことのできる人じゃないのは、娘の私がようく知ってるんですよ。おじいさんほどやさしくて、気がついて、いいおじいさんは、いないわ!」

老人は、くぐもった声で夫人の哀願に近い叫びを、はねつけた。

「なにをいうとる。それほどわしをほめそやすなら、ゆうべの仕打ちは、ありゃなんじゃ。

小用に立ったわしを追いかけて、便器にわしを押しつけおって。
『また汚さないでね。ボタボタたらしちゃいやよ。ほんとにボケたおじいさんて、世話がやけるのね』
わしを、実の父親を、子どもあつかいしよってからに！ 聟《むこ》もそうじゃ、孝もそうじゃ……もうわしを、ものの用にたたんモーロクじじいじゃと思うとる。その迷妄をさましてやったんじゃよ。わははは……今日《こんにち》の国家隆昌のいしずえをつくったのはわしらじゃぞ。そんじょそこらのもやしどもに負けてたまるか！」

恐怖の目を見ひらいて、小枝夫人は声もない。いまのいままで自分の父親だと信じていた老人が、いつ、どうして、こんな怪物に変身していたのだ？

「中町軒でな。孝にいうてやった……一撃のもとに、小生意気な顔の学生を倒したとな。孫め、青くなりおったわ」

「中町軒と西郊高は、背中同士くっつき合っています。トイレへ行くといって、柚木さんは席をはずし、高校に引き返したのだと思います。少なくとも、柚木さんがトイレで長っ尻《ちり》したというのは、うそです……ひとつしかないトイレを、麻美ちゃんが往復していたんですから」

しゃべりながら、ぼくは考えていた。

（なんだってこんどの事件は、やたらにトイレの話が出てくるんだろう）

探偵役がシラケては話にならない。咳ばらいをひとつしたぼくは、また演説を再開した。

「高校へもどった柚木さんは、オカルトクラブで虫の息になっていた有原くんを発見しました。そうですね、おじいさん。かれをかくしたのは、あの教室ですね」

私に聞かれて、老人は、むしろ得意げな笑みを浮かべて、合点合点《がってんがってん》をした。

いつの間にか、ロビーの周囲は、現場検証をおえた警察の人間たちで、ぎっしりだ。だれかが口をはさもうとするのを、上司らしい男が目で止めていた。

「柚木さんは有原の死が時間の問題であることを知りました。このまま放置しておけば、老人の罪があばかれてしまう。

(いっそ……)

と、柚木さんは覚悟をきめました。

(この教室の窓から、落としてやろう。かれが自殺すると広言したことは、洋子くんも知っている)

あわよくば自殺で、事件が片づくかもしれない。

そう考えて、柚木さんは瀕死の有原を窓から突き落としました……

これが、第一の事件の真相です」

ぼくは、いったん言葉を切った。

ほう……という吐息がぼくとスーパーを包んだ。小枝夫人は顔をおおい、雄六老人は垂直に立てた杖を前に、端然と目をとじていた。

「第二の事件は、捜査側に大きな誤解がありました」

そういうと、刑事たちの視線がぼくの頬のニキビをつぶさんばかりの勢いで、集中する。

「それは、わずかな差異ではありますが、ナベシンの殺された時刻について、です」

ここでぼくは、スーパーが並べ立てた当夜の人物の出入りを、再説した。

「これで見ると、山名さん以外の関係者は、ナベシンに手出しすることができなかったように思われます……しかし、ぼくたちがまず着目したのは」

スーパーが手をあげた。

「ぼくが、でいいわよ。くやしいけど私、マントの謎に気がつかなかったんだもん」

「では失礼して、ぼくが着目したのはと、訂正します」

唇をしめして、ひと息にまくしたてた。

「なぜ、柚木さんのマントの内側が、あんなにぬれそぼっていたかという問題でありました。

大ちゃんも知る通り、かれは麻美ちゃんに忘れ物を届けるべく、路地へ出た。仮装の道具である旧制高校のマントをまるめ、小脇に抱えていったことも、周知の事実です。そしてかれが、ふたたびわれわれの前にあらわれたときもまた、マントをまるめて持っていた。当然、その内も外もびしょぬれになるはずがありません。

では、いつ、どうして、なんのためにぬれたのか。

ここでぼくが想起したのは、ナベシンの体のまわりが、ほかの路地とぬれ方がちがっていたことです。形容をかえれば、まるでその一帯だけ、雨の降り方がおくれた……そんな感じだったのです。

ふたつの事実を結べば、

『マントは、ナベシンの死体にかけられていた』

そうではありませんか。

それは、だれが？

柚木さんにきまっています。

なんのために？

ナベシンの死体をかくすためです。ポリバケツと外壁に挟まれて、明かりも届かない闇の一角です。黒いマント一枚で、十分その用を足したでしょう。

いつ？

ナベシンが殺されたあと——柚木さんがそれを発見した直後——」

う、うっという切ない声がひびいた。大ちゃんだった。膝の上で拳をにぎりしめ、彼女は必死に耐えていた。

「そう……だったの……二度目に士官のコートを羽織って、パーティーへ帰ってきたのは……柚木さんだったのね！」

ぼくは、うなずいた。

「あいにく山名さんは、めがねをこわしている。マントとコートをとりかえ、帽子をとりかえれば、ナベシンのふりをして更衣室へもぐりこむぐらいたやすいことだったろう」

額の汗をぬぐったのをしおに、スーパーがバトンタッチした。

「そのすりかえに気がつけば、簡単だわ。山名さんたちに押し出されて路地へ出た柚木老人が、共同トイレからもどってきたナベシンをアッシュの杖でうち殺す……加害者と被害者の交差した点を、可能性の中から拾いあげることができます。おじいさま、それにしても早わざでしたのね」

にっこりされて、老人は愉快そうに腹をゆすった。

「たいしたことではない。田辺の伜《せがれ》が共同トイレから出てきおったのでな。麻美に、『お前も行ってこい。冷えると近《ちこ》うなる』

そういって、はいらせたんじゃ。そのあいだのぬきうちよ。学生は、酔いがさめきっておらんとみえ、下水溝にしゃがんで、げえげえやりはじめた。後ろへ回ると、やつはふしぎそうにふり向いた。その額めがけて……」

「やめてよ！」

洋子の金切り声だった。

「すませたところへ、孝が出て来よった。うふふ……そのときの孝のまぬけた顔はどうじゃ、あんなざまだから、同友ごときに失敗して、浪人の憂き目を見るのよ」

「柚木さんは、ひとまずマントを死体にかけ、善後策を考えたわ……老人を疑わせないためには、ナベシンがまだ生きているように見せかければいい。そう思いついて、かえ玉の芝居を演じたのね。

都合よくナベシンは、緑のスラックスをはいていた。うすぐらい場所では、黒のズボン――柚木さんがはいていたそれと、区別がつかない。

かえ玉といっても、コートと帽子、ブーツだけですんだんです。

涙ぐましい、仮装のそのまた仮装……

ころあいを見て麻美ちゃんにパトカーのサイレンを鳴らさせた」

「合図は、スナックのレジごしに見える時計じゃった」

と老人が註釈する。

「かっきり五分後に、となった。なにも知らず、トイレから出た麻美に、

『五分あとってこと、わかるかい』

『うん、わかる。幼稚園で習ったもん』

孝のやつ、寒中というのに汗をかいておったわい」

「あなたは！」

小枝夫人が唾をとばした。

「麻美にまで、そんなおそろしい事を手伝わせたんですか！」

スーパーは、気の毒そうに顔をしかめてから、話のあとをつづけた。

「柚木さんの予想どおり、山名さんは表へ飛び出し、店の中の私たちは目をふさがれました。その隙に更衣室をぬけ出した柚木さんは、身につけていたものをナベシンに返し、自分はまたマントをまるめながら、パチンコ店の中を通って、表へ……柚木老人のあとを追って、山名さんのそばへあらわれたの。山名さんにしてみれば、柚木さんは、ずっとおじいさんといっしょに、パチンコ屋にいた。そう思いこんだのもむりありません……これが、第二の事件の真相でした」

「私……」

黙りこくっていたしげ子が、口をひらいた。

「スナックから出ると、ちょうど柚木さんがおじいさんを送って、横断歩道へ行くところでした……そのときのふたりの様子が、とてもへんで……あとで聞くと、ナベシンが殺されたというじゃありませんか。学校のときと思い合わせて、私、直感的に、柚木さんのおじいさんだ！　と思ったんです。

そのあと、お互いを避けるようにして年を送り……今年になってはじめて、きのう、柚木さんに呼び出されました」

スーパーもぼくも、おどろいてしげ子を見た。ふたりとも、そんな話は聞いていない。

「柚木さんは、私をせめました……私が口をすべらせたものだから、それ以来、疑心暗鬼がふくれあがって……私にひどく汚い言葉を使いました……いまなら許せます。柚木さんだって、罪の意識と、おじいさんへの恐れと、なによりも受験が近づいて、半分気がヘンになっていたんだから。でもそのときの私には我慢できませんでした。思わず私も、いってやった……

『殺したのは、あなたのおじいさんでしょう！　自分のことをタナにあげて、なんてことおっしゃるの！』

柚木さんは、真っ青になって口をつぐんでしまったわ。どうしよう……私！」

しげ子は、白い顔をいっそう白くさせて、両腕をねじり合わせながら叫んだ。

「柚木さんが死ぬ気になったのが、私のせいだったとしたら！」

おうおうと泣きわめく声は、小枝夫人だった。

「かわいそうな孝……そんなに苦しんでいたのなら、どうしてお母さんに、話してくれなかったの」

（それができるなら、世話はないんだ）

といってやりたかったが、よした。

どん、と杖が床を打つ音に、一座はびくりと体をふるわせた。

杖を手に、にゅうと立ちあがった雄六氏の姿が、やけに大きく、グロテスクに見えた。

「ことここにいたって、弁解はせん……ただし縄目の恥はうけたくないのう」

枯れ木のような腕が、電撃的に動いて、わしづかみにされたのは、しげ子だった。

「警察は、人命優先だそうじゃ」

わはははと、大口をあけた。

狂笑というべき目の光だ。周囲の人垣は、呪縛《じゅばく》されたように立ちすくんでいる。

一座をとりまいた刑事たちも、まさかこの枯れ切ったような老人が、徹底抗戦に出るとは考え及ばなかったろう。

「どけい」

しげ子をひきずった老人の一喝に、衝立が倒れ、ショーケースのガラスが割れ、どどっと大勢の足音が乱れた。

なまじ狭いところに、多種多様の人間がひしめいていたのがいけない。

「邪魔だ」

「伏せろ」

「抵抗するか」

四方から声があがったわりには、直接老人の進路をふさぐ者がない。プロダクションの弥次馬やら、新年会の参加者やらをつきのけ、整理するのがせい一杯で、しげ子さんを盾にして老人は、もみ合う多数を背に悠然と玄関を出た。

スタジオ前の駐車場には、パトカーがいて、テレビ局のハイヤーがいて、雑誌社のオートバイがいた。年中無休の連載マンガ締め切りで殺気立っているから、警官に数倍する編集者たちがいた。

「そのじじいを押さえろ！」

怒号が飛び、世間話をしていた制服の警官がたまげたように腰に手をあてる。

それより早く、警官や編集者の前を、あざやかなチロリアンテープの色彩が流れた。

「おじいさま、待って」

正面に、裸足のまま立ちふさがったのは、いうまでもなくスーパーである。

「勝負しましょう」

「なんじゃと」

スーパーの手には、呉井さんがいじっていたヌンチャクがある。

「いつぞや玄関のチャンバラでは、私が勝ったわね。今日は、さあ……どっちが勝つかな」

いたずらっぽい笑顔は、むろんしげ子を解放させるための挑発だったが、老人は乗った。

「なんの、明治の気骨を見せてやるわ」

どんとしげ子をほうりだし、ふとい杖を両手に構えた。やっとスタジオから飛び出してきた警視庁の強者《つわもの》たちも、この有様に鳩が豆鉄砲を食ったような顔つきだ。

舞台装置はととのった。

バックはマンガ界の雄、クレージー・プロの白亜の二階建て。正面玄関にレリーフされた、「超電人スパーク」の顔が、老人対少女の決闘を、静かに見下ろしている。

観客席には、警察あり、テレビ局あり、雑誌社あり、マンガ家あり。

「スーパー、勝って！」

かん高い声の応援は、大ちゃんだ。編集者が止める間もなく、雑誌社の名を大書した車の屋根におどりあがった。

風、颯々《さつさつ》として天に鳴り、
雲、漠々として空を往《ゆ》く。

ようやく西にかたむいた陽は、はるかな超高層ビルの谷間に落ちようとしていた……と、いまだからのんきな描写もできる。そのときのぼくは、自分でもよくわからないくらい、腹の中がにえくりかえっていた。国士みたいな風貌で、見ようによってはかっこよく、スーパーのヌンチャクに対峙《たいじ》している老人が、これほど憎しみに値する存在とは知らなかった。

ぼくは、猛然とアッシュの杖の前に立った。

「あぶないポテト」

スーパーもおどろいたようである。だがぼくは、老人の杖の威力を忘れ、憑《つ》かれたように叫んでいた。

「お、おじいさんは、孫の気持ちを、考えたことがあるのか！　柚木さんは、おじいさんを庇うために、死んだんだぞ！　学歴と、人間の命と、どっちが大切だと思ってる！」

「孝は、弱虫じゃった」

老人の髭が風になびいた。

「あやつが死んだのは、わしのためではない……わしにはわかる。ようわかる！　あやつは、自分の力では、とうてい同友にはいれんと知って、死におったんじゃ！　わしを庇って死んだと思えば、ちょっとは意味があるだろうと……自分で自分を、むりやり納得させたまでじゃ！　戦わずして負けることを考える、そのような男は柚木家の恥！」

老人の目が、ぼくを射た。凄《すさ》まじい目の光だった。

「わしに、孫の気持ちがわからんとな？　わかっておればこそ、おなじ同友をめざす学生ふたりを倒した……これをしも、軍の用語では援護射撃という！」

老人は、自分の犯行動機について、なおも弁じ立てるつもりであったらしい。だが、これ以上犯人をのさばらせておいては、

（リアリティに欠く……）

ぼくが思ったほどだから、当事者の警官たちは、もっと痛感したことだろう。

警部らしい人が、片手をあげた。いまにも刑事たちが、おどりかかろうとした瞬間！ぼくを見すえる老人の眼光が、急速にうすれた。はっとするのと、老人の体が前のめりに倒れたのとが、同時である。

「脳溢血だわ！」

スーパーが叫んだ。

倒れたと思えば、老人はもう、ごうごう雷のようないびきをかいている。

あわてかけよる刑事たちに、スーパーが怒鳴った。

「さわがないで！　絶対安静よ！」

いうまでもなく、彼女は看護婦そこのけの医学知識をもっているのだ。

4

老人は、それっきり、意識を回復することなく死んだ。

西郊高に平和がもどった。

しげ子は、あの日の興奮をうそのように忘れ去って、ふたたび――いや、それまで以上のポーカーフェイスで、勉学にいそしんでいる。むろん大ちゃんの紹介で、彼女がある産科医院の門をくぐったことなぞ、親も教師も知らないだろう。ナベシンの事件のあと、ふっつりと、小説を依頼したことなぞ忘れたような顔だった田辺氏から、ふたたび矢の催促をうけて、ぼくたちはあわてふためきながら筆をすすめた。

「犯人は、動機を援護射撃としか、洩らしませんでした」

と、ぼくは田辺社長にいった。

「われわれなりに解釈しますと、同友志望の人間を、ひとりでも減らすことが、孫を進学させる助けになる——そう、信じこんだのだと思います」

スーパーも、ことばをそえた。

「どういうきっかけで、そんなことを考えはじめたのか、とうとうわかりませんでした。解明不十分とは思うんですけど」

しかし、田辺さんは寛大だった。

「いいんだよ、きみたち。私がほしかったのは、きみたちの目を通して描いた、西郊高の犯罪記録だからね。でき次第、ぜひ出版させてもらう。それまでに、実名を出すことの諾否を、私からとりつけておく」

ぼくたちは、すべてを田辺さんにまかせることにした。

「なお、出版にあたっては、できるだけ原文に忠実にすすめるが、私の考えによって、一部改訂させてもらうかもしれん。改訂といっても、削るんじゃない。私の立場から若干の加筆をするという意味だが、かまわないかね？」

すべてをまかせたのだ。ぼくたちに反対する気持ちはなかった。

「あと一枚。フレー、フレー」

と、ぼくの後ろでスーパーが気合をかける。最後のひとふんばりだぞ、牧薩次！

原稿用紙とにらめっこをはじめたのはいいが、さて……いざとなるとラストにふさわしいアイデアがない。

「どうしよう」

ふり向くと、克郎さんがにんまりと笑っていた。

「読者へのサービスとしてだな、お前らのラブシーンを書け」

「それ、ゆこう」

スーパーが笑った。冗談かと思ったら、目をつむって、唇を近づけてくる。こうなりゃぼくも男だ！　断乎、実演……そんなむちゃな。目をつぶったら原稿が書けないじゃないか！

犯人のあとがき

かねて可能くん、牧くんに了解をえておいたように、発行人である私が、かれらの小説に一文をつけくわえさせてもらう。

そうだ。

私、田辺充が、一連の事件の張本人だ。

老人は、私という人形師にあやつられる、傀儡《くぐつ》でしかなかった。

ふたりが、柚木雄六氏の犯行動機に疑念を抱いたのもむりからぬことだった。雄六氏が死んだいま、その秘密を知る者は私ひとりしかいない。

あえて私は、事件の裏にひそむ真実を告白し、犯罪を天下に詫びようと思う。

私と老人のつき合いは、長い。

つき合いという言葉で表現してよいものか、どうか。

老人は士族の出を誇る、気位高い剣人であった。その娘小枝さんも、私の時代の形容でいえば、才色兼備……当時は東京の、ほんの場末でしかなかった中町では、だれ知らぬ者のない美人だった。

日がな一日、印刷所のインクで顔と手を真っ黒に汚していた私は、彼女を小学生のころから知っていた。

かたんかたんと単調な機械の音がひびく、印刷所の前の石だたみを、赤い鼻緒《はなお》の下駄を鳴らして、おさない彼女が父雄六氏を追って走って行ったあの日のことが、いまもありありと目に浮かぶ。

そのとき小枝さんは、つまずいて鼻緒を切った。娘の泣き声にふり向きもせず、雄六氏は歩み去ろうとする。

活字を箱に並べていた私は、見かねて彼女を抱きおこし、鼻緒をすげてやろうとした。

その手をふりはらったのは、意外にも、たったいままで泣きじゃくっていた小枝さんだった。彼女は、泣きはらした目で、私をにらんだ。

「よごれる!」

そういいすてた小枝さんは、茫然とする私を尻目に、ばたばたと裸足で駈け去って行った。切れた鼻緒の下駄を、両手に提げて。

そのときの彼女の白い素足が、いつまでも私の心に残った。

戦争後の動乱の日々も、私は小枝さんを忘れなかった。

歳月が、私にいくらかの財産をつくらせ、あべこべに柚木家からかつての豪奢《ごうしゃ》を奪っていた。

おろかにも私は、思いこんだのだ。

(これで小枝さんと私は同列になった)

時もよし、民主国日本の誕生である。憲法はすべての日本人は平等であると規定し、一切の差別を排除するとうたった。

私はなんのためらいもなく、小枝さんに求婚した。

結果は——

ご承知のとおりである。

柚木氏は、ベニヤ板の目立つ寒々としたへやで、厳然といいきった。

「わしの娘は、無学な者にはやれん」

やがて小枝さんは、いまのご主人を聟《むこ》に迎えた。一流大学を出て、一流会社に勤めている、それだけの理由だった。

アナクロニズムと、きみは嗤《わら》うか。

ずれてる、と苦笑を洩らすか。

では、そういうきみが、受験という名の戦争に狂奔するのはなぜだ。

答えは簡単。いみじくも、私の息子が代表していった。

「お父さんのように、おちこぼれたくないからさ。いつまでも苦労したくないからさ」

世の規範からはみ出したくないために——裏返せば他者をはみ出させるために、自分は最高学府へゆき、生涯有効の特急券を入手したい。

意識するとしないとにかかわらず、そのために毎日あくせく暮らしているきみに、一流大学卒業者以外は門前ばらいにする柚木家を、笑う資格なぞあるものか。

せめて……進一郎だけは、そんなふうな若者になってほしくなかった。

だが、去年のいつか、かれは孝くんから聞いたそうだ。

「お父さん、柚木さんのママにふられたんだってね。おじいさんボケてるもんだから、その話をなんべんでもくり返すんだとさ。かっこわるいや」

ひと月ほどして、父兄面接のとき、進一郎の担任教師が上機嫌でこういった。

「田辺くんも、やっとやる気になったようです。なかなか効率のいい勉強ですな」

効率がいいとは、つまりクラブ活動も趣味もなげうって、エネルギーのすべてを受験テクニックの向上にそそぐことである。

私は、小枝さんに抗議したい気持ちで、柚木家を訪ねた。それまでの十数年、私は、決して柚木家の敷居をまたぐまいと誓い、実行していたのである。

私を迎えたのは、あいかわらずの柚木氏だった。ボケが時間逆行をおこしたのか、私が性懲りもなく小枝さんに求婚に来たと思っている。

「ろくな学校も出られなんだくせに。帰れ」

さすがに小枝さんは、老いた父をたしなめたが、私の胸は怒りとやりきれなさで、はちきれんばかりだった。

なんという愚かな。

家に帰れば息子は、父との会話を拒否してノートに没頭していた。

骨を噛む口惜しさが、私を、この奇妙な計画にひきずりこんだのだ。

私も、もうむかしの私ではない。風雪にもまれて中年の男の狡猾《こうかつ》さをそなえている。それからいくどか、手みやげをもっての訪問で、柚木雄六氏にとり入った。

老人も、私が身のほどをわきまえ、下手《したで》にさえ出れば、三度に一度は気を許して、世間話をするようになった。

そんなある日、私はチャンスをつかんだ。

「孫の孝がだらしなくて困る」

と、老人がぼやいたのだ。

「同友ごときに浪人するとはのう」

孝くんがかわいいというよりも、家名を汚す心配が先に立っていたらしい。

「進一郎の教師に聞きましたが」

私はもっともらしい顔でいってやった。

「孝くんはボーダー・ラインにあるようですね。あとひとり乃至《ないし》ふたりをぬけば、安全圏だそうです」

「方法はあるのかな」

「西郊高の生徒の大半は、同友志望です。その中のだれかが脱落すりゃいいんです」

私は殊更《ことさら》に、笑った。

「大けがをするとか、死ぬとか。冗談ですが、もちろん」

私の言葉が、老人にある種の感銘を与えたことは、疑いをいれない。そのころまでには、私はもう、柚木家における老人の地位をおおむね察していた。

生活力を失った、過去の暴君。プライドのみ高くて実質が伴わず、それでいて無用の人間あつかいされると、猛烈に腹をたてる、手におえない恍惚老人。

いま考えれば、雄六氏にも同情すべき点は多々あった。小枝さんとそのご主人の配慮がふかければ、あれほどの心のゆがみは生じなかったと思う。老人がおこす問題は、当人よりも周囲にはるかに責任がある。

だがそのときの私は、内心ほくそ笑むばかりだった。

私は、西独製の補聴器に、若干の細工をして老人に贈った。極小型の受信装置を組みこんだのだ。それは、いうならば幻聴器であった……聞こえるか聞こえぬかほどの音量で、日に数度、私のへやの送信器から悪魔の声が送りこまれる。

「襲うのだ……同友をめざす高校生を……あなたの孫を合格させるために」

そのささやきは、幼児のように信じやすい老いた灰白色の脳に、催眠指示となって固定

される だろう。

効果はあらわれた。

あまりにてきめんに。

有原くんの事件である。私は誓う、決して殺人を犯させる意志はなかった。ただ老人がトラブルをおこして、決定的に社会から葬られることを望んでいただけだ。

老人の腕は、私の予想をはるかに超えていた。かねて秀才の噂の高い有原くんを、人気のない校舎で発見して、好機到来とほくそ笑んだのだろう。石貨の棒でただ一撃！　少年は不幸ないけにえとなった。

だが、私の期待に反して、司直の手は老人にのびなかった。

あせった私は、可能くん牧くんに小説のかたちで犯罪記録をまとめるよう、依頼することを考えた。当然ふたりは探偵コンビの本領を発揮して、老人を追いつめてくれるだろう。なにも、確証がいるわけではない。あやしいと思ったら、あやしいように、文中に登場させてくれればいいのだ。わかる人には、わかる。人の口に戸は立てられない。

（もしかしたら、殺したのは……）

（あのおじいさんじゃないかしら）

そんな噂が流れるだけで、柚木家崩壊のスピードは加速することだろう。

そう思った私は、悪魔の声の受信器である、補聴器を回収しようと柚木家におもむいたのだが（そこで可能くんたちと、面識を得たのだ）依然たる柚木老人の暴君ぶりに立腹し、再度の犯行を演じさせる決意で暗示をつづけた。その結果、私は、痛烈なしっぺ返しをうけた！

なんということだ、柚木雄六が第二の犠牲者にえらんだのが、不運な私の息子であったとは！

私という人形師は、自らのあやつる人形によって、罪にふさわしい罰をうけたのだ……学歴に固執する加害者として、私の目に映じた雄六氏も、ある意味では自縄自縛の被害者であった。

小枝さんもそのご主人も、学歴ゆえの幻想をいだき、悶々としてエリート落第の一生をおえるだろう。

そして、私。

ただひとりの血縁を失った私には、もはや生きる気力もなく、生きる資格もない。

若い読者の、きみ。

死を目前にして、お願いする。

せめてきみたちは、こんなばかげたおとなにならないでくれ。

それがいいたいばかりの告白なのだ。可能、牧両君の物語だけで完結を見ていながら、なくもがなのプロローグとエピローグを書きくわえて改訂した、一出版者の真意を、どうか汲んでいただきたい。はしがきに記した、「犯人はこの『改訂・受験殺人事件』が成立するための重要人物」というのも、きわめて明快なはずだ。私という男がいなければ、この本は世に存在しなかったのである。

私はこれから、睡眠薬の瓶を持って、進一郎の墓参にゆく。エピローグをのぞく校正はすでに完了しており、印刷、発行の手配もすべてすませた。

ペンを擱《お》こうとして、私は、机上に重ねた探偵小説の愛読書から、その一節を思い出していた。

　「多くの作者は、容疑者をありきたりの顔ぶれからはずすという、ずるい方法をもちい、探偵、検事、裁判官、主席陪審員、さらに……語り手自身というような詐術をおこなうところまできた。

　こうなると、もう後にはほとんど新しいものは残っていないようである。ただ、――もしそれが可能ならば――その本の出版者か――読者があるだけだ！」

　（『帽子から飛び出した死』クレイトン・ロースン　中村能三訳より。
　　傍点はこの三部作の作者による）

検印
廃止

作者紹介　**可能キリコ**　女性のため特に生年を秘す。ただし現在西郊高三年在学中。文武両道に秀で、ことにその学習能力は、ほとんどエスパーの域に達している。綽名はスーパー。
牧　薩次　キリコと生年おなじ。西郊高三年在学もおなじ。彼女とは、中学以来の親友だが、茫洋とした風貌性格は、対照的である。その田夫野人めいた外見から、綽名はポテト。推理作家を志望している。

改訂・受験殺人事件

1976年2月29日　初版

著者　可《か》能《のう》キリコ
　　　牧《まき》　薩《さつ》次《じ》

発行所　（株）田辺出版社
代表者　田辺　充

（999）東京都世田谷区中町35-1
電話（1234）5678
闇印刷・本物製本

乱丁・落丁本は、ご面倒ですが小社までご送付ください。送料小社負担にてお取替えいたします。

解説

市川憂人

ミステリ作家としての辻真先の原点、薩次（ポテト）＆キリコ（スーパー）シリーズの第三作にして、『仮題・中学殺人事件』『盗作・高校殺人事件』から続く「青春三部作」のトリを飾るのが、本書『改訂・受験殺人事件』である。

初出の朝日ソノラマ版に始まり、一九九〇年の合本版『合本・青春殺人事件』、二〇〇四年の個別再文庫化、そして今回の二〇二三年新装版、と、先の三作はシリーズの中でもとりわけセットで愛され続けている。薩次とキリコの中学高校時代を描いた貴重な初期作品群である点もさることながら、作中作形式を駆使した「意外な犯人」、アリバイ崩しや密室や消えた遺体などの不可能犯罪等々、ミステリファン垂涎《すいぜん》の共通項が盛り沢山なのも大きな理由だろう。

その「青春三部作」の中にあって、本書ならではと言える特徴のひとつが『薩次とキリコの共著形式』だ。

二人の原稿＝視点が、交互かつ明確に切り替わり、両者の思考や相方への認識が読者へダイレクトに伝わる。キャラクターシリーズとして楽しいことこの上ない。

さらに特筆すべきは、第二の事件後に薩次とキリコの推理が食い違ってしまう点だ。読者としては、冒頭の真犯人の独白で「かれらは犯人の指摘をあやまっている」といきなり袈裟《けさ》斬りにされ、おまけに推理のずれまで見せつけられるものだから、「おいおい本当に解けるのか⁉」とスリリングな思いを味わわずにいられない。構成が面白さとダイレクトに繋がっている点では、本書がシリーズ随一ではないだろうか。


と、ここまでお読みいただいたところで、読者の中にはふと疑問を抱いた方もいらっしゃるかもしれない。

「あれ？　三部作で『中学』『高校』と来たら、次は『大学』じゃないの？」と。

まことに恐縮ながら解説者は明確な回答を持ち合わせていない。が、時代を掘り下げることで見えてくるものがある。

『仮題――』に、事件発生時点と思われる「昭和四十六年十月現在」の時刻表が登場する。薩次とキリコはこのとき中学二年生。二人が順当に進級していれば、高校三年生の十一月に最初の事件が起きる本書は『仮題――』の四年後、昭和五十年＝一九七五年の物語と推定できる。二人が書いた『改訂・受験殺人事件』の初版は『一九七六年二月二十九日』。本書の終結が年明けなので、時系列上も計算は合う。

具体的な西暦を推定できたところで、現実の近現代史を振り返ってみよう。

一九六〇年頃まで、日本の大学・短大進学率は男女総計で十パーセントほどしかなかった。が、高度経済成長や第一次ベビーブーマーの進学時期到来を背景に急上昇を始め、本書の推定年代である一九七〇年代半ばに、四十パーセント弱というひとつのピークを迎える。わずか十五年ほどで四倍近くに跳ね上がったことになる。高嶺《たかね》の花だった大学が身近な存在になった、あるいは大衆化したと言い換えてもいい。

「え？　だったらなおさら『大学殺人事件』で良かったのでは？」と困惑する声が聞こえそうだ。確かに、進学者が増えたなら大学を舞台にしても不都合はないように思える。しかし、「大学に進学する」ことと「より良い大学に進学する」ことは、全く別物である。

大学が身近な存在になった結果、大卒という肩書は希少価値を失い、どの大学を出たかが重視されるようになる。一流大学、二流大学といった序列が形成され、出身大学の序列で人間の価値が測られる、いわゆる「学歴社会」が生まれる。自分自身、あるいは子供の価値を高めるため、人々はより良い大学を目指し、苛烈《かれつ》な学力競争を繰り広げる……極論ではある。現に大都市圏と地方とでは、受験に対する明確な温度差がある。勉強だけにとらわれず充実した青春を謳歌したい、と願う人々も多かったはずだ。

が、大学の大衆化が、多くの若者たちを『受験』の戦場へ向かわせたのは紛れもない事実だった。「受験戦争」という言葉が生まれたのは、大学進学率が急増した一九六〇年代だ。本書の推定年代である一九七〇年代は、「受験戦争」が完全に定着した時代だった。

また、本書では「中学浪人」「幼稚園の予備校」（p137）の存在が語られる。良い大学に入るには良い高校へ、良い高校へ入るには……と、一流大学を目指す競争が低年齢化していく様子が窺える。読者によっては「昭和だ……」、あるいは逆に「昭和からもう⁉」と驚かれるだろうが、誇張でも何でもない。ほぼ類似の事例が、当時のＮＨＫで紹介されている。

薩次＆キリコシリーズは元々、ティーンエイジャー向けのレーベルで刊行された。版元や名義上の作者である辻にしてみれば、読者たちに襲いかかるだろう「受験戦争」と対峙《たいじ》せずして、シリーズの舞台を安易に大学へ移すなどできなかったに違いない。それを示唆する記述が、本書では随所に見られる。

私の推察によれば、かれらは怒っているからだ。

なにに対して？

「受験」と名づけられた戦争に対して。（p10）

「一流校を出なくとも、就職口はある」

もっともな意見ばかりだが、嗤《わら》うべきことは、そういう当人たちの子弟が、やはり一流大学をめざしていることだ。（p11）

薩次とキリコが遭遇する事件にも、「受験戦争」が色濃く影を落とす。

学園祭翌日の休校日、学校随一の秀才が校舎の三階から飛び降りる。しかしその姿は忽《こつ》然《ぜん》と消え失せ、校庭で遺体が発見されたのは何と四時間も過ぎた後だった――

作中でも言及されている通り『長い墜落』を思わせる不可解な状況だが、本書ではここに、受験戦争からの逃避が飛び降りを引き起こしたのではないかという推測が加わり、真相究明への道のりが複雑さを増す。

謎が解けぬままクリスマスが訪れ、パーティー会場の間近で第二の事件が発生。さらに年明け、今度はOBの浪人生が密室で死を遂げる。「受験戦争」が文字通り戦争なのだと突き付けるように、いずれの事件も受験生が命を落とす。

だが、本書を受験という視点で読んだ際の最大のポイントは、探偵役である薩次とキリコが、「受験戦争」から一歩退いた態度を貫いている点だろう。

薩次は「勉強してるんでしょう」と問われ「ぬれぎぬだね」と返す。キリコは、趣味を捨て勉強に勤しむ級友を「裏切られたみたいだわ」と非難する。そもそも高三の秋冬に原稿を書いているくらいだから、二人が勉強に重きを置いていないのは明らかだ。「受験戦争」から離れた薩次とキリコが、「受験戦争」のさなかに起きた事件を解き明かす、という構図は、戦争に加わった者に戦争は止められない、と暗喩《あんゆ》しているようでもある。

さて、本書の推定年代からおよそ半世紀が過ぎ、大学入学定員が志願者数を上回る「大学全入時代」が近付いた。では、「受験戦争」は消えて無くなったのだろうか。

イエス、とは誰も断言できないはずだ。

東大や京大の合格者数が今なお雑誌やネットニュースの記事として成立するのを見るまでもなく、ひと握りの「一流大学」を頂点に置いた大学序列化の概念は健在だ。偏差値下位の大学が定員割れを起こす一方、「一流大学」の倍率は変わらず高い。

求められる学力自体も高度化した。英語のリスニングは、今や二次試験どころか共通テストでも必須だ。なお、読了された方はお気付きかと思われるが、本書には共通テストに関する記述がない。前身のセンター試験どころか共通一次試験すら当時は存在しなかった(導入は一九七九年、本書の事件後)。

学力競争の低年齢化も、少なくとも首都圏では当たり前の事実になった。二〇一七年末には、中学受験を描いた漫画『二月の勝者』(高瀬志帆著)が連載開始、後にテレビドラマ化された。「早期から教育にカネをつぎ込むほど受験で優位に立てる」＝「所得の高い家庭の子供ほど上位の大学に入りやすい」という現実は、ソーシャルメディアなどで『実家の太さ』といった表現を用いて語られるまでになった。

余談だが、解説者は一九九五年に公立高校から大学受験を突破したクチだ。高一から事実上の受験勉強を始めた典型的なガリ勉小僧だったが、それでも模擬試験など折につけ、有名私立高生との差を痛感させられたものである。

時代は移り変わったが、本書に記された受験にまつわる光景は、今も変わらないどころか一層厳しさを増したようにさえ思える。

最後に。三部作のトリ、と冒頭で書いたが、薩次とキリコの活躍は本書の後もまだまだ続く。二〇二四年にはいよいよ、二人の結婚の顚末を描いた『本格・結婚殺人事件』、そしてシリーズ完結編『戯作・誕生殺人事件』が文庫化となる。今回の新装版「青春三部作」も含め、本シリーズが新たな読者を交えつつ、長く愛され読み継がれることを祈りたい。

検印
廃止

著者紹介　1932年愛知県生まれ。名古屋大学卒業後、NHKを経て、テレビアニメの脚本家として活躍。72年『仮題・中学殺人事件』を刊行。82年『アリスの国の殺人』で第35回日本推理作家協会賞を、2009年に牧薩次名義で刊行した『完全恋愛』が第9回本格ミステリ大賞を受賞。19年に第23回日本ミステリー文学大賞を受賞。

改訂・受験殺人事件

2004年8月13日　初版
2009年6月3日　2版
新装新版　2023年11月17日　初版

著者　辻《つじ》　真《ま》先《さき》

発行所　(株)　東京創元社
代表者　渋谷健太郎

162-0814/東京都新宿区新小川町1-5
電話　03・3268・8231-営業部
03・3268・8204-編集部
URL　http://www.tsogen.co.jp
暁印刷・本間製本

ISBN978-4-488-40521-2　C0193

創元推理文庫

〈昭和ミステリ〉シリーズ第二弾

ISN'T IT ONLY MURDER?◆Masaki Tsuji

たかが殺人じゃないか

昭和24年の推理小説

辻 真先

◆

昭和24年、ミステリ作家を目指しているカツ丼こと風早勝利は、新制高校3年生になった。たった一年だけの男女共学の高校生活——。そんな高校生活最後の夏休みに、二つの殺人事件に巻き込まれる！『深夜の博覧会　昭和12年の探偵小説』に続く長編ミステリ。解説＝杉江松恋

*第1位『このミステリーがすごい！ 2021年版』国内編
*第1位〈週刊文春〉2020ミステリーベスト10　国内部門
*第1位〈ハヤカワ・ミステリマガジン〉ミステリが読みたい！ 国内篇